ぷちっとキレた令嬢パトリシアは人生を謳歌することにした

あまNatu

24646

角川ビーンズ文庫

目 次

ぷちっとキレた令嬢パトリシアは人生を謳歌することにした
登場人物紹介
クライヴ・エフ・ローレラン
ローレラン帝国の第二皇子。皇位継承権を放棄した証として仮面をつけている。潔い性格で騎士たちからの信頼も厚い。帝国最強の剣術使いでもある
パトリシア・ヴァン・フレンティア
ローレラン帝国の公爵家令嬢。幼少期から作法と教養を磨き、政治学まで修めた聡明な女性。皇太子妃の座を辞退したのち、辺境の学園を目指して旅立つ——

アレックス・エル・ローレラン

ローレラン帝国の第一皇子。
パトリシアの婚約者

ミーア

奴隷から成り上がった美貌の侍女。
アレックスの恋人

ハイネ・アヴァロン

アヴァロン王国の王太子。
セシリーの婚約者

セシリー・フローレン

教皇の娘。「聖女」と呼ばれる。
クライヴに惹かれている

ライアン・アルト

ローレラン帝国騎士。
パトリシアを支える

マーガレット・エンバー

伯爵家の乳母の娘。
自己顕示欲が強い女性

シェリル・ロックス

柔軟で理知的な女性。アカデミーで
パトリシアと友情を結ぶ

所属勢力　…帝国　…教皇　…学園《アカデミー》

本文イラスト／月戸

プロローグ　災い

「この国は破滅《はめつ》へと向かっております。その原因を取り除かねばなりません」


煌《きら》びやかなシャンデリアに照らされた会場では、着飾った人々が楽しげに談笑していた。

ある者は恋人とダンスを踊り、ある者は友と語らい、食べ切れぬほどの料理に舌鼓を打つ。

磨き上げられたグラスに注がれた最上級のワインに、新鮮でみずみずしいフルーツたち。

壁に飾られた美しい絵画を尻目に、人々はこの国の未来について口にする。

皆が思い思いに宴の席を楽しんでいる中、荘厳《そうごん》な音楽を奏でる演奏者たちの演奏を掻《か》き分けて、天使のように美しい聖女はそう口にした。


「各地で広がり続ける奴隷《どれい》たちの不満の声は、止《とど》まることなく大きくなるでしょう」

今日はこの大広間にて、ローレラン帝国の皇帝、のちにパトリシアの義父《ぎふ》になる人の生誕祭が行われている。白亜《はくあ》の城。この国の誰もがうらやむ美しく気高いその場所で、隣国アヴァロンの聖女は声高らかに予言した。

「それらはやがて災《わざわ》いとなり、この国を破滅させるでしょう」

ビンッ、と耳障《みみざわ》りな不協和音を立てて、演奏者たちの指が止まった。広間にいる全ての人が不気味な沈黙に息を呑《の》みつつ、魅惑的な聖女へと視線を向けた。

「災いを取り除かねばなりません」

聖女は透けるような白い腕を上げ、桃色の爪先を向けた。

——パトリシアに向かって。


「——え？」


聖女は翡翠《ひすい》のような美しい瞳をパトリシアに向けると、赤く色付く唇《くちびる》を三日月に歪《ゆが》めた。

「災いはあそこにいます」

会場の全ての視線が自分へと向けられて、パトリシアは一歩後ずさる。

——災いとはなんのことだ。

「パティ、落ち着いて」

「……っ、クライヴ、さま？」

クライヴ・エル・ローレラン。

現皇后の息子であり、パトリシアが皇太子妃になった暁には、義理の弟になる人だ。

この国の皇子である彼は、黒い仮面から覗《のぞ》く目元をやさしく細めた。

「ゆっくり息をして。飲まれちゃダメだ」

彼が肩に手を置いた瞬間、パトリシアは初めて己《おのれ》の呼吸が荒くなっていることに気付いた。視線を下に向けると、手が小刻みに震えている。

呆然としているパトリシアに追い討ちをかけるように、またしても声が響く。

「父上、お聞きになったでしょう⁉　やはりパトリシアを皇太子妃にするのはやめたほうがいいと神が宣《のたま》っているのです！」

そう声高々に告げたのはこの国の皇太子であり、パトリシアの婚約者アレックスだった。

彼は公の場に別の女性を伴い、人々の前に姿を現した。

そして――。

「私は今ここでパトリシアとの婚約を破棄し、ミーアと結婚することを誓《ちか》います！」

「アレックス様！」

アレックスの隣で頬を赤らめている女性は名前をミーアという。奴隷という身分でありながら皇太子付きの侍女となった、アレックスの恋人。

パトリシアは皇帝の生誕祭のために特注したドレスを身に纏《まと》っていた。深い青色の夜空を彷彿《ほうふつ》とさせる生地に、天の川のようにちりばめられた胸元の宝石。上半身はタイトに、リボンでペプラムを結ぶようにデザインされたそのドレスは、「ドレス大臣」の異名を取る仕立て職人シャルモンの弟子がパトリシアをイメージして作ってくれたものだ。

それなのに、それとほぼ同じドレスをミーアも着ているのだ。

「アレックス様の愛があれば、私はいつまでも惨《みじ》めでかわいそうな奴隷じゃないんです」

あしらいや色は異なるが、シルエットの特徴や仕立て具合からデザインを盗まれたことは一目瞭然だ。

「それにこの指輪、見てください！」

「――っ、それ！」

「お二人の婚約指輪と同じものを用意してもらったんです！　綺麗《きれい》でしょう？」

うっとりと頬を赤らめるミーアの指には、パトリシアがずっと大切にしてきた婚約指輪と同じものが着けられていた。婚約が決まった幼き日より何度もサイズを直して着け続けてきた、アレックスとおそろいである唯一のもの。

「だって、お願いしたのに、パトリシア様がくださらないから！」

指輪のアーム部分は縁《えん》を繋《つな》ぐという意味を込めて、ひねり腕になっており、トップには聖なる石と呼ばれるラピスラズリがあしらわれている。二人の縁が永遠に続きますように、という意味を込めたそれを彼女は嬉しそうに左手の薬指に着けているのだ。

「パトリシア様が持っているものは、ぜーんぶ私がもらいます！　かわいそうな私を無視したあなたが悪いんですよ」

そういたずらに笑うミーアと彼女の肩を抱くアレックスを呆然と見つめるパトリシアの脳裏《のうり》に、ありし日の光景がよぎる。


あの大きな木の下で指輪をもらった日。子どもながらに指輪の意味を知っていた二人は、頬を赤らめて照れくさそうに笑い合った。

『約束だ！　一緒に大人になって、この国の未来のために頑張ろう。隣にパトリシアがいてくれるなら、私も頑張れるから』

『――はい』

なぜだかあの時、パトリシアはとても恥ずかしくて、顔を伏せたまま消え入りそうな声でそう答えた。

あの時のことを胸に今日まで努力してきたのに……。そう思っていたのは自分だけだった。涙がひとすじ、パトリシアの頬を伝う。

「………アレックス様は、私のことを少しも見ていてはくださらなかったのですね」

「見ていたさ。私を馬鹿にし、ミーアを邪険に扱う君の非道な姿を」

「アレックス様から聞きました！　アレックス様が始めたホウアン？　……を自分のものにしたって。そんなのひどすぎます！」

ああ、本当なのだなと理解した。あれは、ただただ彼のためにしたことだったのに。

アレックスが始めた奴隷解放法案を進めたのは、パトリシアだった。皇帝や多くの貴族たち。交渉は難しいだろうと思っていた宰相にまで了承を得て、これから法案を押し進めていくはずだったのだ。それがアレックスの願いであったから。

ただ、彼の力になりたいと思ってやったことが、まさかこんな結果を生むなんて誰が想像できただろうか。


（………私は全てを奪われてしまった）


彼の隣で、彼と手を取り合い、この国の未来のためにと努力してきた過去の努力は、一番見ていてほしい人に認めてもらえなかった。

「私利私欲《しりしよく》のためだけに地位を手に入れようとした君を、私は許さない。パトリシア、君は皇太子妃にふさわしくない！」

アレックスの言葉が深くパトリシアの胸に突き刺さったその瞬間、彼のために過ごした日々が走馬灯《そうまとう》のように蘇《よみがえ》った。ただひたすら、寝る間も惜《お》しんで勉強をしていた毎日。楽しそうに遊ぶ同年代の子どもたちをうらやましいと思いながら、彼との未来のためにしてきたこと。それが彼のたった一言で、砂で作った城のように脆《もろ》くも崩れ落ちた。

「――」

喩えるなら、ぷちっ。

伸ばした糸を切るように。張り詰めた紙に穴を開けるように。

ぷつんと大きな音が一つ、己の中で鳴った気がした。

その瞬間は不思議な感覚だった。目を開けているのに視界が一瞬で真っ暗になり、瞬《まばた》きを何度かするうちにだんだんと視界がクリアになっていく。

その間《かん》わずか数秒。それだけの時間でパトリシアは大きな決断を下した。

「わかりました。では、皇太子殿下、参りましょう」

「――パトリシア、なにを⁉」

アレックスの手を摑《つか》んで、賑《にぎ》わう人々を掻き分けて進んでいく。

この時の気持ちは、きっと一生忘れることはないだろう。なんて晴れやかな気分なのだろうか。心はずっと穏やかで、けれどよろこびに溢《あふ》れている。不安や恐怖は消え去った。

パトリシアは目的の場にたどり着くと、困惑するアレックスから手を離し、顔を上げた。

驚いた表情の皇帝や皇后、そして父を見ながら、声高らかに宣言した。

「――私、パトリシア・ヴァン・フレンティアは、皇太子殿下の婚約者の座を退《しりぞ》きます。皇太子妃には――なりません」

第一章　私が選んだ婚約破棄

～婚約破棄の数ヵ月前～


パトリシア・ヴァン・フレンティアは、ローレラン帝国の公爵令嬢である。

一族は皇族とも深い関わりを持ち、祖母は皇女であった。

その由緒《ゆいしょ》正しき一族の令嬢は、物心ついた時には皇太子妃になることが決まっていた。

幼い子どもにとっては過酷だったであろう、あらゆる分野の教育を、彼女はものともせず身につけていった。皇室の歴史や皇宮での作法はもちろん、政治学や帝王学までをも完璧に修めた比類なき秀才である。

その才は、あるきっかけで皇帝に知られることになり、十四歳になるころには皇帝から直接意見を求められるようになった。より良い政治の一助となるべく、その能力を捧げてきたパトリシアは、皇太子妃、ゆくゆくは皇后となった時に、民が今よりもっと笑って暮らせる国を作りたい、そんな思いで成長してきたのだった。

「奴隷を解放したいと思う」

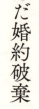

脈略《みゃくらく》もなく突然告げられた言葉に、パトリシアは青紫色《せいししょく》の瞳を瞬かせた。煉瓦《れんが》造りの道の影響で馬車がガタゴトと大きく揺れ、クリームイエローの長い髪が肩からこぼれ落ちる。

「……奴隷を解放、ですか？」

「そうだ」

金色に輝く髪に青い瞳。端整《たんせい》な顔立ちをした男は、すらりとした長い脚を組んだ。細やかな刺繡が施された布地に金の細工が美しい白いジャケットと、清潔感溢れる純白のパンツを颯爽《さっそう》と着こなす姿。それを見た年頃の女性たちは、理想の皇子様だと囁《ささや》き合うという。

彼の名は、アレックス・エル・ローレラン。

ローレラン帝国の皇位継承者であり、パトリシアの婚約者である。

「きみは――反対か？」

アレックスから鋭い視線が向けられて、パトリシアはそっと目を伏せる。だが、足元の赤い絨毯《じゅうたん》を数秒見つめた後、意を決して顔を上げた。

「それは……ミーアさんのためですね？」

ピンッと空気が張り詰めた。車輪の軋《きし》む音、地面を蹴り上げる馬の蹄《ひづめ》の音、賑やかに語らう人々の声だけが、馬車の中に広がった。

「……君は私を、愚《おろ》か者だと思っているようだ」

「まさか！　けっしてそのようなことは！」

「でなければ、今のような発言はしないだろう。君は民を想《おも》う私の心を理解していないようだ」

やってしまったと、パトリシアはうつむいた。白い薔薇《ばら》のレースがあしらわれた碧色《へきしょく》のドレスを握り締めて肩をすぼめる。数秒前の自分の発言を後悔しつつ、パトリシアはこの国の奴隷制度について考え始めた。

——帝国、ローレラン。

その歴史の始まりは、数百年前に遡《さかのぼ》る。元は小国であったが、その圧倒的な軍事力によって次々と隣国を手中に収め、近隣諸国が到底かなわぬほどの資源を蓄えるようになった。開闢《かいびゃく》以来、単一民族国家であった王国は、敗者を取り込んで多民族化し、やがて帝国と名乗るようになった。以来、ローレラン帝国は繁栄《はんえい》を続け、最強の軍が護る豊かな国になった。

だが、その栄光の歴史には薄暗い影が差している。【奴隷】の存在である。彼らは今やローレランを支える巨大な労働力ではあるが、負《ふ》の遺産ともいえる。奴隷の多くは、敵対した国の子孫たちだ。ローレランからの降伏《こうふく》命令に応じなかった者は、その身を生涯《しょうがい》ローレランに捧《ささ》げなくてはならなくなった。

彼らに身分はなく、自由も誇りもなかった。家畜《かちく》同然に扱われる彼らに、パトリシアは幼少期から心を痛めていた。されども、この制度は根深い。ローレランが帝国となったその頃から奴隷制の恩恵を最も受けているのは、何を隠そう皇族や貴族たちなのだ。この忌まわしい制度を、一朝一夕《いっちょういっせき》で消し去ることは難しい。

パトリシアは、自分が皇后となった暁には大義名分の下《もと》に解放を推し進めようと考えていた。だが、アレックスからその話題が出るとは予想していなかった。

「奴隷解放には賛成です。私も疑問を覚えておりました。……ですが」

「ですが、なんだ？　君は彼らをかわいそうだとは思わないのか？」

一時的な感情で動かせる話ではない。そのことをアレックスに訴えようとするが、取り付く島もなかった。

「君の意見など聞く必要はなかったな。このようなこと、君が賛同してくれるわけがない」

「そうではありません。アレックス様、そんなに簡単なことでは――」

「……っ、止めろ！」

アレックスの大きな声に、馬車は慌てて動きを止めた。パトリシアが大きく体勢を崩すもアレックスは気にも留めず、ものすごい勢いで馬車から降りていった。

「……アレックス様？」

薄桃色《うすももいろ》のカーテンがかかる窓からそっと外を覗くと、そこには人だかりができていた。煉瓦で舗装《ほそう》された道の両脇に、多くの屋台が軒《のき》を連《つら》ねている。旬の果物や野菜、干した肉、装飾品や飲み物などがところ狭しと並べられているその前で、事《こと》は起きていた。

「子どもを殴《なぐ》るなんて大人として恥ずかしくはないのか⁉」

「お、お前。な、なんだってんだ…………」

尻もちをついたボロボロの服を着た子どもと、その前で腕を振り上げる裕福な装《よそお》いの男。さらにその男の腕を摑んで声を荒らげているアレックス。パトリシアはぐっと眉間《みけん》に皺《しわ》を寄せた。

「これは面倒《めんどう》なことになる……！」

どうか最悪の事態になりませんように。パトリシアは祈ったが、そんな願いも虚《むな》しくアレックスは近くに控えていた騎士たちに向かって命令した。

「今すぐこの男を捕らえよ！」

「——は！」

「へ？　な、なんで俺が捕らえられないといけないんですか⁉」

アレックスのいでたちや騎士たちの様子から彼の身分が高いことを察したのだろう。貴族であるとわかったのかもしれない。

男は騎士に両手を捕まえられながらもアレックスに問いかけた。

「俺は自分の奴隷を調教していただけです！　それのなにがいけないんですか⁉」

「奴隷だろうと同じ人間だろう⁉　哀《あわ》れな彼らをこれ以上痛めつけるなんて……っ。連れて行け！」

騎士に連行されてもなお、男は最後まで声を荒らげる。

「俺は間違っていない！　これは国に認められた奴隷《ど れい》じゃないか！」

ギャーギャーと響く彼の声に、周囲にいた人々も何事かとざわつき始めた。混乱を収めるため、パトリシアはそばに控える騎士に声をかけた。

「アルト卿。アレックス様を急ぎ馬車に」

「かしこまりました」

アルトと呼ばれた騎士は柘榴《ざくろ》のような赤い瞳をパトリシアに向ける。黒々とした髪をなびかせて頭を下げると、一瞬でアレックスの下《もと》へ向かい、渋《しぶ》る彼を説き伏せ、すぐに連れ帰ってきた。

アレックスは勢いよく馬車に座ると、険《けわ》しい顔のまま目を伏せた。

「……出してください」

パトリシアがそう言うと、鞭《むち》を振る音が聞こえ、馬車が出発した。何事もなかったかのようにガタゴトと揺れる馬車の中、パトリシアは意を決して声をかける。

「アレックス様、先ほどのことは――」

「あの子どもを救おうともしなかった君に、あれこれ言われたくはない」

「………………」

パトリシアはそれ以上なにも言うことができなかった。

奴隷解放は簡単なことではない。感情だけで取り締まれば反発ばかりが増えてしまう。しかし、もう彼に言葉は届かない。


一体いつから、こうなってしまったのだろうか——？


「……ここはもっと詳しく説明したほうがよさそうね」

皇都《こうと》にある公爵家の自室で、パトリシアは一人机に向かっていた。机の上にはおよそ令嬢が読むとは思えぬ、世界の歴史や法律の本、さらには財政に関する書類が山積みになっている。それらに目を通したパトリシアは、自身の考えを提案書としてまとめ始めていた。

皇后となった際に施行《しこう》しようとしていた奴隷解放法案。だが、皇太子であるアレックスが先陣を切ってくれるなら、そこまで先延《さきの》ばしにしないで済みそうだ。

（このことが、アレックス様にうまく伝わるといいのだけれど……）

法案実現に向けた具体案を書き進めていく。

この原案を一気呵成に議会にかけるところまで進めたとて、有力貴族の反発を招いては元も子もない。市民の感情を逆なですれば、革命が起きる恐れもある。解放した奴隷には土地と家を与え、最低でも三年間は免税《めんぜい》とする。初期費用は膨大《ぼうだい》だが、数年後には彼らに貸与した土地が豊かになり、最終的には国庫を潤すことができるだろう。

帝国には隠し鉱山もある。隣国と密接しているため、戦時のリスクが高いと誰も寄りつかないが、あそこは宝の山だ。採掘にあたっては奴隷層だけでなく、市民からも人を募れば景気対策にもなる。まさに一石二鳥だ。

そこまで書くと、パトリシアはふと顔を上げた。夢中になって書き込んでいたため、蠟《ろう》燭《そく》の火が消えかかっていることに気が付かなかった。今日はここまでにしようと立ち上がると、窓の隅に映る大きな満月を見つけた。

「きれいな月……。だから蠟燭に気が付かなかったのね」

軽く腕を上げて背伸びをした。自分の考えを形にしていくのは楽しいことだ。壁際にある大きな本棚へと向かう。壁一面を覆うほどの本棚に雑然《ざつぜん》と本が並べられている様《さま》は、淑《しゅく》女《じょ》の部屋とは思えない景色だった。

令嬢に似つかわしい天蓋《てんがい》付きの麗しいベッドや薄緑色《うすみどりいろ》のソファ、多くのドレスを収納できるクローゼット。それらは全て母親が選んだもので、パトリシアが望んで手に入れたのは本棚と机だけだった。

本棚を眺めて、パトリシアは独《ひと》り言をこぼした。

「ふふ……お父様はよく許してくださったものね……」

美しく着飾り、刺繍をたしなみ、噂《うわさ》話に花を咲かす――。

この国の貴族の女性たちは、それでよい、そのようにあれと言われて育つ。無知《むち》であればあるだけよい、と。そのため、パトリシアのように最低限の知識以上を学ぶ貴族は民衆からも敬遠《けいえん》されていた。

婚約者からも煙《けむ》たがられるのは自然かもしれないが、せめて語り合える友人くらいは欲しいものだ。

「考えていて自分で悲しくなってきたわ」

はあ、と大きくため息をついた時だ。部屋の前でパトリシアの名前が呼ばれた。

「どうぞ」

「失礼します。お嬢様」

部屋に入ってきたのはパトリシア付きの侍女で、乳母の娘のエマだ。彼女は慌てた様子で駆け寄ってくると声をひそめた。

「あの、実は――」

「…………え？　な、なぜ？」

「わかりません」

数秒固まったパトリシアは、急いで部屋を出て廊下を可能な限りの早足で進んだ。廊下に飾られた肖像画を照らす月明かりも、今のパトリシアは目にも入らない。

階段を滑《すべ》るように降り、真《ま》っ直《す》ぐに応接室へと向かう。閉ざされたドアをノックすると、中から入室を許す声が聞こえた。

「失礼いたします」

扉を開けながらまさかと思う。彼がここにいるはずがない。彼は、今、遠い場所にいるはずだ。そう思いながら扉を開くと、そこには思い描いた通りの人がいた。

「やあ、パティ。久しぶり」

初雪を思わせる銀色に輝く髪に、青空を連想させる淡いブルーの瞳だけが覗くように着けられた仮面。

侍女が外に出ると、その人は仮面を外してそっと微笑んだ。

すっと通った鼻梁《はなすじ》に、刃《やいば》のように薄い唇。騎士ふうの衣装を鍛えられた体軀《たいく》に纏い、その腰には青紫色の宝石が付いた剣を携えている。

仮面を着けていたとしても、これほど立派な方を見間違えるはずがない。パトリシアはソファに腰掛ける彼の下へと駆け寄ると、その場でスカートの両端をつまみ、小さく膝を折った。

「クライヴ殿下にご挨拶申し上げます」

現皇后唯一の息子であり、この国の第二皇子。そんな高貴な方が夜更《よふ》けに一体なんの用なのか？

「クライヴ様、なぜこちらに……？」

「うん。パティに会いたかったから」

別の理由がある……と、パトリシアは視線をクライヴの前に座るアルトへ向けた。

すると彼は気まずそうに目を泳がせた後、大きくため息をつく。

「……まさか一緒に？」

こくりと頷《うなず》いたアルトを見て、パトリシアの顔はサッと青ざめた。

「クライヴ様。危険なことを……！」

「僕は大丈夫だよ。怪我《けが》なんてしてないし。それよりほら」

クライヴの視線の先には、一人の男の子がいた。


公爵家の応接間には、中央に深緑色のソファがコの字に置かれ、ローテーブルにはサンドイッチやケーキが出されていた。それを口いっぱいに頬張《ほおば》っているのは、あの時、殴られそうになっていた奴隷の男の子だ。

パトリシアに見つめられた男の子は、サンドイッチを持ったまま固まった。

「パトリシア様が危惧《きぐ》されていた通り、あの男は戻ってきてこの子を……。我々が間に合わなければ、殺されていたかもしれません」

アレックスによって捕らえられた男は、すぐ釈放されたらしい。当然だ。奴隷の所有者は法で守られる存在であり、あの男はなに一つ法を犯《おか》していない。釈放されるのは時間の問題だったし、その後に男が怒《いか》りの矛先《ほこさき》をどこに向けるのかも想像に容易《たやす》い。懸念した先にアルトを向かわせたが、無事に戻ってくれて何よりだった。

「こちら、奴隷売買の証明書です。先ほどの男から購入してきました」

「ありがとうございます。……あなた、遠慮せずにいっぱい食べてくださいね」

未《いま》だ固まったままの男の子に声をかけつつ、パトリシアは書類を確認する。これは男の子が奴隷であり所有者がいるという証《あかし》だ。これがあの所有者の手にある限り、男の子は逃げられない。

無事に手に入ってよかったと胸を撫《な》で下《お》ろした。

「……その子は公爵家で預かります。表向きは奴隷ですけれど、使用人として」

奴隷解放法案が通った暁《あかつき》には、この子が自分で未来を決められるようになっていたらいいなと願う。

(私は、この子がお腹を空かせずに幸せに暮らせる未来を、絶対に作るんだ……！)

「パティならできるよ」

なにかを察したらしいクライヴはひどくあっさりとした様子でそう言うと、立ち上がってドアへと向かった。どうやら本当にパトリシアに会いに来ただけのようだ。

「クライヴ様、あのっ」

「大丈夫。パティのためになることをしたかっただけだから」

そう言いながらクライヴの視線は男の子へと向けられ、両手いっぱいにケーキを握《にぎ》りしめるその姿を見て、ぼそりと呟いた。

「兄上は馬鹿《ばか》だよね。……あんな女のために」

「……クライヴ様？」

うまく聞き取れず、その名を呼ぶと、彼はただ穏やかに笑うだけだった。

「それじゃ。またね、パティ」

「アルト卿《きょう》、クライヴ様を皇宮《こうぐう》までお送りしてください」

「かしこまりました」

立ち上がったアルトに、クライヴは軽く首を振った。

「大丈夫だよ。アルトはパティの専属。君を一人にするわけにはいかないさ」

「でも、彼はあくまで皇族に仕える騎士ですから。アルト卿、お願いできませんか？」

「かしこまりました、パトリシア様。この命に換えましても！」

困ったようにこめかみのあたりをかいたクライヴは、しかし、どこか嬉しそうだった。

公爵家の馬車に乗り込んだ彼に、パトリシアはもう一度頭を下げる。

「改めてお礼申し上げます。クライヴ様のおかげであの子を救えました」

「……パティのためになったのならよかった。じゃ、またね」

「――はい、また」

走り出した馬車を見送ると、パトリシアはふと肩から力を抜いた。

「……助けられてよかった、本当に」

アルトなら完遂してくれると信じていた。だが一つも心配がなかったわけではない。不安から逃《のが》れるように無心で資料をまとめていたが、丸く収まってよかった。

「さ、あなた。まずはお食事とお風呂の入り方からね？」

パトリシアがやさしく頭をなでると、奴隷の子の目に強い光が戻った。新しい服を着せて、仕事も教えなくては。やることがいっぱいだと、パトリシアは楽しげに踵《きびす》を返した。

⚜

宮廷の使用人たちの手で丁寧に磨き上げられて輝く大理石の床と柱。中庭の巨大な庭園には、宮廷庭師によって厳しく管理された季節の花々が一つ一つ優雅に咲き誇《ほこ》っている。特に、中央の噴水を囲んで咲き誇る薔薇は圧巻だ。多くの人間によって計算し尽《つ》くされたこの宮殿は、巨大帝国にふさわしい完璧な美を誇っている。

パトリシアは迷うことなく回廊を歩んでいくが、その足取りは重かった。だが、行かないという選択肢はない。パトリシアはアレックスが住むローズ宮へとやってきた。

文字通りさまざまな薔薇が咲き誇るその宮には、アレックスお気に入りの庭がある。水《みず》瓶《がめ》を持つ女性を模《も》した白い彫刻から水がこぼれ落ちる噴水の前に、アレックスの目当ての女性が佇んでいた。

「……本当にこんなものでいいのか？　新しいものを用意することもできるのに」

「これがいいんです！　アレックス様からいただけるのなら、なんだって嬉しいので！」

二人は互いの手をぎゅっと握りしめながら見つめ合っていた。その姿は傍《はた》から見れば仲のいい恋人のように映るだろう。実際、そうなのだけど……。

アレックスが見つめる女性の名前はミーアと言う。奴隷の身分でありながらもアレックスに気に入られ、今や彼の侍女となっている。

「……アレックス様」

「――……パトリシア、君か」

これ以上は見るに堪《た》えないとパトリシアが声をかけると、アレックスは苦い顔をした。逢瀬を邪魔されたせいか、はたまた浮気現場を見られたからか――。どちらにしろ、その表情に胸の奥がズキッと痛んだけれど、表情には出さぬよう努めた。

「アレックス様、これから皇帝陛下に謁見《えっけん》を」

「パトリシア様！」

アレックスに共《とも》に行くか聞こうとしたが、それをミーアが遮《さえぎ》った。彼女は嬉しそうに桃色の長い髪をなびかせて近寄ってくると、同色の大きな瞳を輝かせた。

そんなミーアを一瞥《いちべつ》したパトリシアは、自分の表情が硬くなったことに気が付いた。着ているものは侍女たちと大差ないのに、その細部に違和感を覚える。首元には光り輝く大きなダイヤモンド、手首には純金の華奢《きゃしゃ》なブレスレット。頭に着けているリボンも、よく見れば昔パトリシアが着けていたものと似ていた。

「パトリシア様はなぜこちらに？　……あ！　アレックス様に会いに来たんですか？」

「…………ええ、そうです」

人の言葉を遮ることは失礼なことだと何度も伝えたが、わかってはくれない。ほかにも彼女には礼儀作法をいくつか教えたが、覚える気はないようだ。ミーアはなにが嬉しいのかにこにこしながら、手に持っているハンカチをパトリシアの前に広げた。

「見てください！　アレックス様からいただいたんです。この刺繍が綺麗で気に入ったんです！」

「……そう……ですか」

平静を装い、言葉に詰まらないようにしたかった。でもその刺繍を見た瞬間、思わず体に力が入ってしまう。なぜなら、彼女が嬉しそうに持っているのは、パトリシアがアレックスを想って刺繍を施《ほどこ》した、青い薔薇のハンカチだったからだ。

驚きつつアレックスを見ると、彼はただ気まずそうに視線を逸《そ》らした。

「これ以外にもいくつかいただいたんですけど、どれもこれも綺麗で……。私みたいなかわいそうな人にこんな綺麗なもの似合わないと思ったんですけど……」

「欲しかったので」と笑うミーアにパトリシアはなにも言えなかった。彼女がアレックスのものを欲しがり、彼がそれを与えるのは、今に始まったことではない。たとえそれがパトリシアから贈られたものだとしても、彼は与えてしまう。

彼曰《いわ》く、かわいそうなミーアが欲しがるものはなんでも与えたいとのこと。

アレックスの手に渡ったものに、とやかく言う権利はない……そうとでも思わないと、この胸はずっと痛み続けてしまう。そっと左手で唇を押さえつけ、大丈夫、大丈夫と心の中で言い聞かせていると、目の前にいたミーアがぽうとパトリシアの手元を見つめてきた。

「…………綺麗」

「え？　今なにか言っ……？」

聞き取れなかった呟《つぶや》きを聞き返した瞬間、ミーアは突然パトリシアの左手を掴んできた。

「アレックス様！　私もこの指輪が欲《ほ》しいです！」

「――なっ！」

パトリシアは慌てて左手を右手で覆い隠すが、ミーアのキラキラと輝く瞳は真っ直ぐに指輪へと向けられている。

「パトリシア様！　その指輪はどこで買われたんですか？　私もそれと一緒のものを……」

「あれはだめだ」

詰め寄るミーアを止めたのはアレックスだった。彼はミーアの肩を摑むと首を振った。

「あれは私とパトリシアが婚約した際に作った婚約指輪だ。ほら、私も着けている」

「婚約指輪？　……いいなぁ。私にはアレックス様とおそろいのものなんてないのに」

まるで可憐《かれん》な花が萎《しぼ》むように落ち込んでしまったミーアを、アレックスは必死に宥《なだ》める。

「君に似合うものを必ず用意させる。こんなものよりもっといいものだ。だからそれで許してくれ」

そう言いながらミーアを抱きしめるアレックスは気付いていなかった。ミーアの瞳がパトリシアの左手に釘付けになっていることを——。

「……っ、皇帝陛下への謁見の時間ですので、失礼いたします」

パトリシアは軽く頭を下げると、逃げるようにその場をあとにした。

怖かった。ミーアのあの目が……。全てを奪われてしまいそうで、背筋がぞっとした。

小刻みに震える手を押さえつつ、左手の指輪を見つめる。大丈夫。これさえあればアレックスと繫《つな》がっているとわかる。今はこんなふうになってしまったけれど、いつか必ず昔のような関係に戻れるはずだ。

「……大丈夫」

——そう、自分に言い聞かせた。

⚜

奴隷解放法案の件は、いくつかの名家が鉱山の採掘に名乗りをあげたこともあり、また有力貴族からの大きな反発もなく、軋轢を生まずに進めていけそうだ。パトリシアの差し出した書類を見た皇帝の瞳はやさしく、「素晴らしい」とだけ繰り返す。素案《そあん》ではあるが審議《しんぎ》を重ね、法案推進の許可も下りた。あとはアレックス名義で進められれば角が立たないのだが……。

アレックスはあの日以来、宮殿の外に出ていないようだ。噂ではミーアのために隣国アヴァロンのみならず遠国からも商人を大勢呼び寄せ、夜な夜な商談しているらしい。流行りのドレスに世界に一つしかない宝石、星のように煌《きら》めくアクセサリー。贅を尽くした宝物をミーアに与えるアレックスを想像して表情を曇《くも》らせていると、小さい咳払いが聞こえてきた。

「ふふっ。うわの空のようね？」

「——し、失礼いたしました、皇后陛下」

慌ててスカートをつまんで挨拶《あいさつ》すると、椅子に腰掛けた皇后はやさしく微笑《ほほえ》んだ。

「いいのよ。あなたの気持ちはわかっていますわ。さあ、座って」

皇宮にある建物の中でも、格別華やかなユリ宮。その主である皇后は美しく、威厳《いげん》ある眼差《まなざ》しをパトリシアへと向けた。

ここは皇后の住まいにあるユリの花園。四方を取り囲むように咲くユリの中心に白いガゼボがあり、柱や天井はもちろん、テーブルや椅子に至るまでユリの花が描かれている。

パトリシアは、この宮の主にふさわしいその場所に招待されたのにも拘わらず、このような失態《しったい》を犯すなんてと自分自身を戒めつつ、改めて居住まいを正した。

「申し訳ございません。少し呆けておりました」

「あら、私とのお茶会はつまらないかしら？」

「そのようなことはございません！」

萎縮《いしゅく》していると、皇后の隣に座っていたクライヴが「母上、パティをいじめないでください」と助け舟を出してくれた。皇后は、はいはいと答えつつ、その赤く染まる唇でティーカップに触れた。クライヴは言葉を続ける。

「奴隷解放法案の件、父上に聞いたよ。うまくいきそうだね」

「……お耳が早いのですね」

（わずか二、三日で伝わるなんて……）

驚くパトリシアの前に、クライヴはユリを模したクッキーを置いた。

「父上から相談されたんだ。僕の案で申し訳ないけど、いくつか助言もさせてもらった。……大丈夫。きっとうまくいくよ」

アレックスの名で進めることになる予定の法案を、本人よりも先にクライヴが知ったようだ。クライヴに劣等感《れっとうかん》を抱いているアレックスが知ったら荒れるに違いない。パトリシアは嫌な予感を抱きつつ、紅茶を口にする。

皇后はやさしい母の表情から一変、君主《くんしゅ》たる強い瞳でパトリシアを射貫《いぬ》いた。

「それよりも、私がパトリシアを呼んだのはあの奴隷の娘のことよ」

いつか聞かれるだろうとは思っていた。けれど、クライヴが一緒にいるタイミングだとは。

「あなたが望むのなら、あの奴隷は今すぐにでも辞《や》めさせられるわ。どうする？」

その場に緊張が流れる。今この瞬間も、パトリシアは試されているのだ。次期皇后の真価《しんか》を。だからこそ努《つと》めて冷静に、震えそうになる手を必死に隠して日常の会話のように応対する。

「皇后陛下のお心遣《こころづか》いに感謝申し上げます。ただ……お気遣いは無用でございます」

「……いいのかしら？　アレックスを盗《と》られてしまうかもしれませんのに」

「私の立場が彼女に脅かされることはございません」

どれほど愛を注がれようとも、ミーアが皇太子妃になることは未来永劫ありえない。愛人や側室ならいざ知らず、爵位を持たぬ者には資格がない。皇帝の即位前に儀礼を整えて嫡妻である皇太子妃となり、長く皇帝の傍に仕えた女性だけが皇后として立てられる……というのがこの国の習わしだ。

「私は己のやるべきことをいたします。——この国のために」

アレックスから婚約指輪を授かったその瞬間から、自分はただこの国のためにありたいと願ってきた。ミーアという存在がアレックスの心を占めようとも、その信念が変わることはない。

パトリシアの返答に、皇后は満足げに頷きつつもどこか虚《うつ》ろな瞳《め》をした。

「あなたにも、胸に秘める想いがおありのようね」

皇后は横を向いて、遠くに咲くユリの花を見つめた。咲きこぼれるその花になにを思ったのか、皇后は手に持っていたティーカップをゆっくりとテーブルに置いた。

「アレックスが生まれた時、私は嫉妬《しっと》でおかしくなってしまいそうだった。どうして皇后の私より、側室《そくしつ》の女が先にと」

「……」

「恥ずかしい話、アレックスを皇位につけてなるものか、と躍起《やっき》になった時期があったわ。クライヴを妊娠《にんしん》した時、よろこびと同時に恐怖も感じた。この場所は、子どもが生きていくには、あまりにも過酷《かこく》なところだと知っていたから」

アレックス、クライヴ共に幼少期から何度も暗殺未遂に遭《あ》っていた。宮廷医《きゅうていい》や賢者でも特定することが難しい、未知の物質が複数混入した複雑な毒が見つかったこともある。

「なによりも守るべきは我が子だと、そう思ったらあとはどうでもよくなったの。なのに、この子ったら思ったより優秀で……」

早まったかしら、なんて口にする皇后に、クライヴと共になんともいえない顔で返す。こればかりは私的な場とはいえ口にするのは憚《はばか》られる。

「アレックスが皇位を継《つ》ぐには、まだ多くの困難があるわ。……あなたが未だに皇太子妃になれないように、ね」

「……そう、ですね」

皇太子妃として必要なレッスンは全て終わり、年齢的にもなんら問題はない。だが、パトリシアは未だ皇太子の婚約者なのである。

原因はわかっているのだが、解決には至《いた》っていない。

「私の力不足のせいです」

「決してあなたのせいではないと、はっきりと言っておきます。いいですね？　これはアレックスの問題です。……こんなことなら、私が逃げずにクライヴを皇太子に……なんてね」

「そ、れは……」

「母上、パティを困らせないでください」

「まあ！　クライヴったら、可愛くないこと。アカデミーに通ってから生意気に拍車《はくしゃ》がかかっているわ」

　年齢よりもうんと若く見える皇后は、ぷりぷりと怒りつつ紅茶のおかわりを侍女に命じている。そんな彼女の隙《すき》をついてクライヴを横目で見ると、軽くウインクを飛ばしてきた。どうやらうまく話を逸らしてくれそうだ。

「そういえば、アルバゼインではいかがお過ごしですか？　アカデミーの方は」

「楽しいと言えば、楽しいかな。友人もいるし」

　友人か……。とパトリシアはテーブルに置かれたクッキーを瞳に映した。幼いころから皇太子妃になるための勉強や試験で忙しく、社交界に出てからもその勤勉《きんべん》さが仇《あだ》になったかもしれない。ここローレラン帝国では勉強をする女性はほとんどおらず、必要最低限の教養だけ身に付ける者が多い。同世代の女性とは話が合わず、気付いたら遠巻きにされていた。

　未来の皇太子妃と親しくなりたいがためにやってくる取り巻きの令嬢たちはいたが、彼女たちが友人かと問われれば疑問符がつく。気兼《きが》ねなく同じ時を共有できる誰かがいてくれたらと、パトリシアは少しだけさみしく感じた。

「……うらやましいです。とても」

「パティもアカデミーに通《かよ》えるといいんだけど……」

無理な話かもしれないが、クライヴもそれをわかって言ってくれている。そのやさしさがわかるからこそ、パトリシアはゆっくりと頷いた。

「ええ、いつか……」

⚜

ユリ宮でのお茶会のあと、パトリシアは皇宮を歩いていた。皇宮内の図書室で、ローレランで過去に敷かれた身分制にまつわる資料をまとめて借りるためだ。奴隷解放法案に対しては皇帝が好意的な姿勢を見せているが、最終的に承認されなければ何の意味もない。だから、その日までに施策《しさく》内容により具体性を持たせるためにやってきたのだが、その途中でパトリシアは足を止めた。

ローズ宮の隅、小さなベンチが置かれている場所で数人の使用人がミーアを囲んでいる。

「かわいい！　それも皇太子殿下からいただいたの？」

「ええ。私のこのボロボロの手には似合わないって言ったんだけど、アレックス様がどうしてもって」

彼女たちの視線はベンチに腰を下《お》ろすミーアの手元に注《そそ》がれ、その瞳は太陽の光を受けきらきらと輝いている。

「宝石よね？　なんて綺麗なのかしら……」

「私と同じ色だね、ってアレックス様が……ふふふ」

嬉しそうに微笑むミーアの右手薬指には、桃色に輝く指輪が一つ飾られていた。ぱっと見はシンプルながら遠目からでも確認できるほど大きな石の付いた〝それ〟を見つめるミーアの頬は、徐々に赤らんでいく。

「かわいそうなミーアのためにって、アレックス様がいろいろと……ふふっ」

「素敵！　皇太子殿下に本当に愛されているのね」

「こんなに素敵な贈り物をたくさんくださるのよ？　もしかしたら皇太子妃にだってなれるかもしれない！」

きゃっきゃと楽しそうな声の中に聞こえた言葉に、パトリシアはそっと目を伏せた。なにも知らない者たちに、好き勝手に言われているようだ。嬉しそうなミーアは、周りの使用人たちをこらっと叱《しか》った。

「そんなことを言ってはパトリシア様に悪いわ。私はアレックス様から愛されていればそれでいいの！」

「もったいないわ！　ぜひ皇太子妃になって私たちをあなた付きの侍女にしてよ」

「そうよ！　そうしてくれたら誠心誠意《せいしんせいい》あなたのために働くから」

「ん――……。そうなったら、ね？」

人差し指を己の口元に当てるミーアを見た周りの使用人も、同じポーズをとる。楽しそうに笑い合う彼女たちを見て、パトリシアの心は冷たくなっていった。

「みなさま……人通りのある場所でなさるお話ではないかと思いますが」

「――っ」

突然現れたパトリシアに、使用人たちは一瞬にして青ざめ俯《うつむ》いた。気まずさから一歩下がった使用人たちとは逆に、ミーアは立ち上がるとパトリシアに向かって一歩踏み出した。

「パトリシア様！　こんにちはです。なにかご用事ですか？」

「所用である場所に向かっていましたら、みなさんのお話が聞こえてきましたので」

「ああ！　聞こえちゃったんですね。ごめんなさい！　みんな、悪気《わるぎ》があったわけじゃないんですよ？」

悪気がなければ、なにを言っても許されるのか。パトリシアが問題にすれば彼女たちはもちろん、ミーアだって罰を受けてもおかしくはないのに。

「ただ、私がかわいそうだから、ちょっと夢を見せてくれていただけですよ」

ミーアは常に自分をかわいそうだと主張する。あえて周囲に知らしめるように。パトリシアも、最初は暗示にかかったようにその言葉に囚《とら》われた。彼女はかわいそうな人なのだから、こちらが我慢しなくては、と。けれど……。

拭《ぬぐ》いきれない違和感。疑問がべったりと心に貼りつくように纏わりつく。

「だからお願いします。彼女たちを罰《ばっ》しないでください」

ミーアが大きな瞳に涙をためて乞《こ》い願う姿は、見ている人に同情心をもたらすのだろう。

だが、パトリシアにはそれが本物には見えなかった。理想とする皇后と話をしたせいだろうか？　冷静になれてよかったと、パトリシアは背筋を伸ばした。

「往来のある場所で、褒《ほ》められた言動ではないため、お伝えしに来たまでです。夢を語らうのでしたら自室などでぜひ。それでは……ごきげんよう」

叱るわけでもなく踵を返そうとしたが、そんなパトリシアの腕をミーアが掴む。

「そ、そんなこと言って、みんなを罰するつもりなんじゃないですか⁉」

「………お放しください」

静かにそう告げると、ミーアは気まずそうにパトリシアの腕を放した。彼女は一体なにをそんなに慌てているのだろうか？　不思議な心地でミーアを一瞥した。

「致《いた》しません。彼女たちが私よりもあなたを皇太子妃として相応《ふさわ》しいと思うのならば、それは私の力不足ですから」

彼女たちに認めてもらえるように精進《しょうじん》すればいいだけのこと。パトリシアは今度こそ踵を返してその場を後にした。

「…………っ、余裕そうな顔して……！」

素直なパトリシアは完全に見逃していた。ミーアが心底悔しそうな顔をしていたことを。


そのころ、ローズ宮の反対側では、また別の邂逅があった。

「こんばんは、兄上」

「…………クライヴ」

皇帝に呼び出され、ミーアについて咎《とが》められた第一皇子アレックスが自身の住むローズ宮へと戻ろうとしていると、真向かいからやってきたクライヴと出会った。

「なんの用事だ？」

「母上に呼ばれまして、パティと一緒にお茶会をしておりました」

アレックスの目つきが一瞬で変わる。明らかに不快感を露《あら》わにしたその様子に、クライヴは鼻で笑った。

「……兄上には、少し忠告しておいたほうがよいかなと」

「お前が？　私に？」

今度はアレックスが鼻で笑う番だった。その表情はまるで、『皇太子である俺に忠告だと？』と虚勢を張っているようだった。

クライヴは呆《あき》れてしまう。

なんの争いも経ずその地位に君臨できるのはなぜなのか、本当にわかっていないようだ。

「奴隷の娘と懇意《こんい》にしているようで。父上の耳にも入っていますよ」

「彼女を奴隷と呼ぶなっ！」

怒りを露わにしたアレックスを気にした様子もなく、クライヴは淡々《たんたん》と話し続ける。

「父上はパティを実の娘のように思っていますから、相当ご立腹《りっぷく》の様子です」

「…………っ」

アレックスは、ここでやっと自分の地位が盤石《ばんじゃく》でないことを思い出したらしい。

苦々《にがにが》しい顔をしたアレックスは、クライヴから視線を逸らした。

「だからほら、忠告です」

クライヴは背中を預けていた柱から離れ、ゆっくりとアレックスの前へと向かい、真正《ましょう》面《めん》から青ざめた顔を覗き込んだ。

「兄上が気にするべきはあの奴隷の女じゃなくてパティです。彼女を大切にしてください」

「……………お前には関係のない話だろう」

当然のことを言っているだけなのに、なぜこうも頑《かたく》ななのか？　アレックスの婚約者はパトリシアであり、彼女を大切にすればいいだけのことだ。

そんな簡単なことがなぜできないのか、クライヴには全く以て理解できなかった。

ただ守ればいいだけなのに。パトリシアの笑顔を――。

そんなことすらできない兄を情けないと、クライヴは心のなかで嘲笑《ちょうしょう》する。

「お忘れなきよう。あなたがその地位にいられるのは、パティのおかげなのだと」

「私の実力だ！」

アレックスの地雷を踏んだのだろう。クライヴは突然胸ぐらを掴まれ、強く柱に押し付けられた。

背中に痛みが走るが、そんなことはどうでもいいくらいおかしかった。目の前の存在があまりにも哀れで。

「兄上はそう思っていても、周りはそう思っていないんですよ。あなたの功績の裏にはパティがいる。みんなが知っていることだ」

「パトリシアは関係ない！　全部私がっ！」

「本当に言い切れます？　パティは関係ないと」

襟元《えりもと》を握りしめているアレックスの手が震えている。ぷるぷると小刻みに揺れるその姿に、クライヴは愚にもつかないとその腕を振り払った。

「パティを大切にしてください。奴隷の女になんてうつつを抜かさずに」

「……ミーアはかわいそうな子なんだ！　それを憐《あわ》れんでなにが悪い？」

「かわいそう、ねえ」

クライヴの脳裏に一瞬にしてミーアの姿が映し出された。奴隷という出自は不幸といえる。そこから這《は》い上がろうとアレックスにすり寄ったことも、まあ、理解できる。だが、その後がだめだ。今や彼女は第一皇子の権力を盾《たて》に、仕事もせず贅沢三昧。その姿はもはや奴隷ではなく、貴族令嬢より派出だと騎士たちが言っていた。

「兄上、本当にそう思ってます？」

ミーアは、気に入らないことがあるとすぐアレックスに告げ口をするらしい。それに怒ったアレックスに罰せられた使用人は一人や二人ではない。その中にはミーアと同じ立場の者もいたのに、だ。最近では、誰もがミーアの癇癪《かんしゃく》を怖がり彼女の機嫌《きげん》をとっている。

これのどこが「かわいそう」な子なのだ……。

ミーアのような存在に頭を悩ませているであろう、パトリシアのほうがよほどかわいそうだ。いっそミーアという存在を綺麗さっぱり消したら、少しは彼女の心も晴れるかもしれない……などと考えていると、アレックスが真顔《まがお》で答えた。

「当たり前だろう？　ミーアは毎日泣いて過ごしていたんだぞ？　私が彼女を助けてあげなければ……」

クライヴはこの瞬間、理解した。これはもうなにを言っても無駄だと。

だが、兄の気持ちもわからなくはない。クライヴとて抑えきれないほどの想いをこの身に宿しているのだから。

彼女のためならなんだってしてあげたい、と思う気持ちはわかる。しかし、それで己の首を絞めることに意味はあるのだろうか。

クライヴはパトリシアのために口を開いた。

「ご自由になさったらいいのでは？　一応、忠告はしましたから」

そして、もう一度アレックスの耳元でそっと囁く。

「でも、パティを傷付けるのだけはおやめください。彼女が幸せなら黙って見守りますよ。

――【俺】は」

それだけ言うと、クライヴは真っ直ぐにローズ宮をあとにした。後ろを振り返りはしない。この後は騎士団との打ち合わせ、その次は商人との会食がある。皇太子という身分ではないにしろ、クライヴにはやるべきことが多いのだ。それこそアレックスと違って。

「……馬鹿だな」

そっと空を見上げる。雲一つない青空の眩《まぶ》しさに、クライヴは目を細めた。

もしアレックスが暴走するようなら、いっそ全てを手に入れてしまおうか、という思いが、一瞬だけクライヴの脳裏をかすめた。

皇太子という立場を兄に譲《ゆず》った時から、その存在を消すために着けている、この仮面。これを着けている限り、周りの者たちは思うだろう。クライヴは皇位を継ぐ気がないのだと。だが逆を言えば、公の場でこれを取れば、己の意思を表明できるということになる。

自分が皇位を継承する……つまり皇位を狙う、ということを。

「ま、しないけどね」

そんなことをしたら、パトリシアの努力が全て無駄になってしまう。


後日、パトリシアは、美しい薔薇たちが出迎えるローズ宮に呼ばれた。

主であるアレックスに呼び出されたパトリシアは、応接室にて彼と対峙《たいじ》していた。深い青色のソファに腰掛け、自分の前に置いてある紅茶に手を伸ばす。ローテーブルにはいちごを薔薇の形に並べたケーキ、薔薇のジャムを使ったクッキーが置かれていた。花の香りが漂う部屋に入ってからずいぶん時間は経ったが、会話が始まる気配はない。ただ紅茶を楽しむだけの時間を送るために、呼び寄せたわけではないだろう。

気まずさに耐えられなくなりかけたその時、アレックスが重い口を開いた。

「……クライヴに会ったらしいな」

「クライヴ様、ですか？　ええ、お会いいたしました。皇后陛下とのお茶会の席で……」

「変なことは言われなかったか？」

クライヴの話をされるとは思わなかった。

クライヴはアカデミーに通っているので、皇宮で会うことは珍しい。だが呼び出してまでする話だろうかと首を傾げた。

「皇后様もいらっしゃいましたし、おかしなことはなにもありませんでしたが……」

先日のミーアとの一件で呼び出されたと思ったパトリシアの推測は外れた。

アレックスは考え込むように顎《あご》に手を置くと、しばらく黙り込む。

「アレックス様？　なにか気になることでも？」

「……………あれは君に懐《なつ》いているから、また適当な言い訳でもして付き纏ってないか気になっただけだ」

「クライヴ様は私を姉のように慕《した》ってくださっているだけです」

「……ならいいが。あれと二人で会わないようにしろ」

アレックスは、パトリシアとクライヴが会うことを嫌がる。なぜなのか。クライヴの存在はアレックスにとってライバルとも言えるが、ここまで警戒する必要があるのか。

「アレックス様、お話はそれだけですか？」

「いや。ミーアのことだ」

やはりそうだったかと、パトリシアは膝の上で両手を合わせた。

「ミーアさん、ですか？」

「君はミーアを憐れんであげることはできないのか？」

彼女の境遇に同情の余地《よち》はあれど、ミーアのせいで罰せられた者の末路《まつろ》をアレックスも知っているはずだ。

「彼女の行いには行き過ぎたところがあります」

「違う。ミーアに嫉妬した者たちが彼女を馬鹿にし、蔑《ないがし》ろにしたのがいけないんだ」

「彼女の望むお菓子を用意できなかっただけで、罰せられることが当たり前だと？」

空気がぴりりと張り詰める。

アレックスの気に障ったか……とパトリシアは焦る。

だが、これ以上の犠牲者を出すわけにはいかないと、勇気を振り絞って進言した。

「彼女はアレックス様付きの侍女。それ以上の存在ではありません。彼女の願いを使用人たちが聞く必要はないのです」

「ミーアは私の大切な人だ！　彼女の願いをかなえて、なにが悪い！」

彼の言葉を聞いて、胸の奥がぎゅっと締め付けられた。

（ミーアさんが大切な人なら、私はどういう存在なのですか……？）

そう聞きたくなる気持ちを抑えつけ、パトリシアは諦めることなく訴え続けた。

「これ以上、彼女のことで皇宮を混乱させてはいけません！」

「――ああ、そうか！　君はそういう人だ。かわいそうなものに手を伸ばすこともしない。この間の奴隷の子どもだって……君は馬車の中で見ていただけだったな」

勢いよく立ち上がった彼を、パトリシアは絶望の眼差しで見つめた。

「君がもっとやさしければ、ミーアとだって手を取り合ってやっていけただろうに……っ」

アレックスはそれだけ言うと応接室を出ていった。大きな音を立てて閉じられた扉に、彼からの強い拒絶《きょぜつ》を感じた。

「もう、無理なのかもしれないわね……」

ソファの背もたれに深く体をあずけ、そっと天井を見上げる。子どものころから通っていたローズ宮は、目をつぶってもどこになにがあるかわかる。今だって、目を閉じれば天井に描かれた見事な青い薔薇を容易く思い浮かべられる。それくらい慣れ親しんだ場所だったのに、もしかしたらもうくることはできないのかもしれない。アレックスを怒らせてしまうから。

「…………アレックス様」

自分の声はもう届かないのだと、パトリシアは己の顔を手で覆った。

⚜

そして、その日《皇帝生誕祭》はやってきた。

アレックスに送った手紙は全て無視され、ペアにするのが慣例《かんれい》となっている衣装も別々になった。本来ならローズ宮にて待ち合わせをし、共に参加するはずなのにアレックスの姿はない。パトリシアは深い青色のドレスを身に纏い、パーティーが行われている会場へと一人静かな廊下を通って向かう。

この国の父であり、太陽である皇帝陛下の生誕祭。未来の娘として招待されたパトリシアは、アレックスのパートナーとして会場に入るはずだった。

間違ってもミーアと共に会場入りするなんてことはしないでほしいと願う。だが、おそらく二人は一緒にやってくるのだろうと、パトリシアは諦めにも似た感覚を覚える。これは荒れる生誕祭になるかもしれないと思っていると、会場の入口に見知った後ろ姿を見つけた。

「クライヴ様？」

「――パティ？　なんで……」

漆黒《しっこく》のスーツを纏う彼は、やはり仮面を着けていた。優秀な彼に皇位継承《こういけいしょう》の意思があると知れば、アレックスをよく思わない者たちに担《かつ》ぎ上げられてしまう。血で血を洗う争いを避けたいと願う皇后の意思を尊重した彼の仮面は美しく、そして強いものだと感じた。

「クライヴ殿下にご挨拶申し上げます」

「いいから、立って。それよりどうしてここに？　兄上は……？」

膝を折ろうとしたパトリシアを止めたクライヴに、パトリシアはなにも言えなかった。ただ静かに微笑むだけで全てを理解したのか、クライヴは仮面の下の表情を曇らせた。

「なるほど。……忠告は無駄か。馬鹿だな、本当に」

「クライヴ様？」

彼は首を振るだけに止めた。

「ご一緒したいところだが、変な噂が立ってはよくないな」

クライヴはそう言うと、自分の仮面の位置をそっと正した。

彼がパトリシアと共に入場すれば、アレックスから婚約者を略奪《りゃくだつ》したように見られる恐れもある。

第二皇子のクライヴにまだ婚約者はいないが、パトリシアにはアレックスがいる。

アレックスがこなかった時点で、パトリシアは会場に一人で入ることが決まっていた。

傍から見れば、婚約者に突き放された哀れな女のように見えるだろう。

パトリシアは、それでもやってきたのだ。

自分を娘のように思い、偉大な知恵を授けてくださった皇帝陛下のために。

（そう。社交界での体裁なんて些細なこと。私には、一人でも果たすべき義務がある！）

クライヴは、そんなパトリシアを仮面の奥から密かに、だが一心に見つめていた。

やがてその視線に、あっ、とパトリシアが気づく。

（そうだ、確か昔にもこんなことがあった……）

幼いころ、転んだりつまずいたりしながら、ダンスのレッスンをする小さなパトリシアを、クライヴが部屋の外から静かに見つめていることがあった。

パトリシアが泣きながら視線をクライヴに向けると、彼は舌を出しておどけながら逃げていった。

あの時の、おちゃめな男の子……弟のようにかわいがっていた王子様は、大きな体の立派な紳士へと成長し、今まさにパトリシアの前で微笑んでいる。

「あの時みたいに、パティを置いて逃げることはしないよ」

「……………相変わらずですね、クライヴ様は」

肩をすくめたパトリシアの様子を穏やかに見ていたクライヴは、一礼してからパトリシアの後方に距離を取った。

「少しくらい離れていたって、僕たち二人は一緒だ」

たった一人でパーティーに参加する。

その決意は揺らがなかったはずなのに、優しい言葉をかけられたら心が急に揺らいでしまった。

パトリシアは泣きたい気持ちで応える。

「ええ。今夜は、最後まで私から目を離さないでくださいね」

クライヴの【一緒だ】という言葉をお守りのように心の中で繰り返し、彼に寄り添うような気持ちで、パトリシアは一歩ずつ歩みを進めた。

入口にいた警護《けいご》の者たちが、一人きりのパトリシアに慌てた顔をしている。

扉が開き、室内の光に目が眩《くら》みそうになる。

クライヴは漆黒のマントを翻して皇宮騎士団に紛れ込み、パトリシアを見守りながら彼女の十数歩後ろを歩いていった。

華麗な天蓋、大理石の柱、星のように輝くブロンズ製のシャンデリアで飾られた大広間。パトリシアが向かった先は、今夜の生誕祭の主役である皇帝と皇后がつく玉座の間だ。

そこには帝国の紋章《もんしょう》が描かれた巨大な旗が掲げられている。

旗の前に鎮座する黄金《おうごん》の玉座に腰を据《す》えた皇帝と皇后の前に着くと、パトリシアは挨拶をした。

「帝国の太陽、皇帝陛下。帝国の月、皇后陛下。ご挨拶申し上げます」

「よく来たな、未来の皇后。それと……我が息子クライヴよ」

「おや。父上は全てお見通しでしたか」

「……ふふっ……お前というやつは。隠密行動をするなら、もっと落ち着くように」

皇帝からの小言《こごと》に対していたずらっぽく笑ったクライヴは、頭を下げるパトリシアの背中をそっとやさしく押した。

その合図を受けて、パトリシアはゆっくりと口を開く。

「皇帝陛下。謹《つつし》んでご生誕のお祝いを申し上げます。陛下の御代《みよ》が幾久《いくひさ》しく続きますよう」

「ああ、パトリシア。そなたから祝いの言葉をもらえてとても嬉しく思う。……今夜は楽しんでいくといい」

「……感謝申し上げます」

アレックスを置いて一人で来たことに、疑問をもたれているだろう。

しかし、皇帝はその話題に触れることはなかった。

パトリシアが顔を上げた際に目が合った皇后もまた、穏やかな表情で軽く頷くだけだった。


クライヴと共に下がると、皇帝に謁見しようとする貴族たちがどっとやってきた。

彼らを避《さ》けながら広間に向かい、音楽に合わせて踊る人々を二人で眺めた。

「両陛下に感謝いたします……クライヴ様も」

パトリシアはクライヴに、そっとワインを差し出した。

彼は黙ってそれを受け取り、一気に飲み干す。

グラスを傾けた時に一瞬微笑んだように見えたが、パトリシアは見間違いだったかもしれない……と思った。

「本当に一人きりだったら……耐えられなかったかもしれません」

パトリシアは、困った顔をしながらそっと白状した。

クライヴは、笑いながらもどこか悲しそうな表情をしている。

「……なにもしてないよ」

彼はワインを持つ手を軽く上げた。

「でも、パティのためになったなら……よかった」

そうつぶやくと、大理石の陰に姿を隠した彼は〝完全に〟パトリシアの影になった。

「この国は破滅へと向かっております。その原因を取り除かねばなりません」

なにごとだと人々が視線を送る中、麗《うるわ》しの聖女はこう続けた。

「各地で広がり続ける奴隷たちの不満の声は、止まることなく大きくなるでしょう。それらはやがて災いとなり、この国を破滅させるでしょう。災いを取り除かねばなりません」

そして、その白く美しい腕を振り上げ、指先をこちらに向けてきた。

そう、パトリシアに向かって。

「——え？」

——隣国アヴァロンの聖女による不吉な予言と、皇太子の婚約破棄。

そのどちらもが一瞬にして国中を駆け巡り、皆の憶測《おくそく》や偏見《へんけん》で話が大きくなっていった。

『アヴァロンの聖女が言ったことは本当なのか？』

『そうじゃなきゃ聖女なんて呼ばれはしないさ。きっと俺たちにはわからない特別な力があるのさ』

『皇太子殿下は、奴隷の娘と婚約なされたとか』

『素敵ね！　身分を越《こ》えた恋なんて、まるで物語だわ！』

『きっと同じような境遇の私たちにとって、やさしい国にしてくださるはずだわ！』

『……けれど、ねぇ？　パトリシア様はどうなるのかしら？　あのかたは我々のために尽《じん》力《りょく》してくださったでしょう？』

『…………そうだな。医療を受けやすくなったのはあのかたのおかげだし』

『でも皇太子殿下は本当に奴隷を皇太子妃になさると思う？』

『まさか！　身分が違いすぎて皇帝陛下がお許しになるわけがないわ。きっと新たに皇太子妃を探すはずよ』

『あら、なら勝負ね？　私が必ず皇太子妃になってみせるわ！』

『……けれど、パトリシア様はどうなさるのかしら？　お話とかはあまりできなかったけれど、私、あのかたに憧《あこが》れていたのよ』

『……それは、ほとんどの令嬢がそうじゃないかしら？　完璧《かんぺき》なかただったから。近寄りがたかったけれど……』


人々は噂する。彼女はどこへ行き、どうなったのかと――。

誰もが気にして、彼女の名前を口にするほど、パトリシア・ヴァン・フレンティアという令嬢は姿を現さなくなった。

あの、婚約破棄の日から。


――こうして、一人の令嬢が、表舞台から姿を消した。

第二章　辺境での学園生活

皇都で自分が噂になっていることなど気にもとめず、パトリシアは辺境の地【アルバゼイン】へと来ていた。

馬車で休み休み五日かけてやってきたこの場所は、皇都と違い自然豊かで美しい港町である。久しぶりに見た海に心躍《こころおど》らせたパトリシアは、護衛のアルトに頼んで馬車を止め、海沿いを少しだけ歩かせてもらった。長旅だからとクッションをたくさん置いてもらってはいたが、さすがに体のいたるところに違和感を覚える。この休憩に感謝しつつ、パトリシアは隣を歩くアルトからアカデミーのことを聞いた。

「アルト卿の母校でもあるのですよね？」

「ええ。私は騎士志望者でしたので、パトリシア様とは少し違いますが」

「騎士志望？」

「アカデミーから騎士を目指す者も多くいるのです。もしよろしければ少しお話しいたします」

アルト曰く、アカデミーに通う生徒の九割が男子で、そのほとんどが貴族らしい。庶民の多くは労働者で、彼らに必要なのは最低限の読み書きと計算だけで、それ以上を学ぶ必要はないというのが今のこの国の考え方である。それにどれほど頭がよくても、学者になるにも身分が必要だ。そのため、国から学ぶことを許されない限り庶民はやってこない。

そして、そんな庶民の男子生徒よりも少ないのが女子生徒である。貴族の女性たちは適齢期になるとデビュタントとしてお披露目され、すぐに結婚の話になる。彼女たちに求められるのは学識ではなく、刺繍やダンス、礼儀作法だ。だからこそ、アカデミーに令嬢が通うことはほとんどない。

つまり、アカデミーにいる女性のほとんどが庶民であるということだ。

「彼女たちの狙いは玉の輿《こし》です。貴族と結婚しても己は貴族にはなれませんが、子どもは貴族になれる可能性がありますから。贅沢《ぜいたく》な暮らしのため、愛人という存在になることに期待を込める者もいるのです」

「……愛人？」

パトリシアは思わず聞き返してしまった。貴族の中には愛人を囲う者がいるが、まさか自ら望んでその立場になろうとする人がいるなんて。

「ですから、アカデミーの女性たちは入学すると勉学よりも見た目を気にします。そのため、成績上位に食い込むことはほぼありません」

「……そう、なのですね」

「パトリシア様なら必ず上位にお名前が挙がると思いますので、いろいろ面倒ごとになるかもしれません。ご存じの通り、貴族の坊ちゃんたちはプライドが高いですから」

吐き捨てるように言ったその表情には、アルトの苦労が滲《にじ》み出ているように見えた。アルトよりも爵位《しゃくい》の高い部下たちに苦労させられたのだろう。

「アルト卿が言うと、なんだか説得力がありますね」

「まあ、元坊っちゃんなので」

「え？　……あ、いや！　別にそういう意味ではないのですよ？　ただっ」

「大丈夫ですよ。からかっただけです」

仕事人間の彼とこんなふうに軽口《かるくち》を叩《たた》く日が来るなんて誰が想像できただろうか。

アルトは、パトリシアが皇太子妃になると決まった日から騎士としての訓練を始めた。いつか皇太子妃付きの騎士となるために。けれど、それももうかなわない。

常に努力を惜しまず、傷だらけになりながら成長したアルトは、皇室付きの騎士となった。

「……私は、たくさんの人を傷付けてしまいましたね。己の気持ちを貫《つらぬ》くために」

常にパトリシアの隣に立っていたアルトは、一歩後ろへと下がった。

「人を傷付けない人はいません。……それに、私は嬉しく思います。私は私の夢より、パトリシア様の夢がかなうほうがずっと嬉しいのです」

「……ありがとうございます。アルト卿はやさしいですね」

アルトとは幼いころに父の紹介で知り合った。男爵家《だんしゃくけ》の次男である彼は、あの時にはもう大きな体をしていたように思う。パトリシアより四歳年上の男の子は、あっという間に男性になった。そして誓った。遠くない未来、パトリシア専属の騎士となり守ってくれると。こんなにやさしい彼にどれほど心配をかけてしまったのか、想像するだけで胸が苦しくなる。しかし、それと同時に心強くもある。だって、こんなにも自分のことを思ってくれる人がいるのだから。

「……………私もアルト卿のようにやさしく、強くなりたいです。大切な人を守れるくらい」

そっと左手に光る指輪に触れる。アレックスとおそろいで、幼いころから身に着けてきた大切な指輪。本来なら婚約破棄をしたあの時に外《はず》さなければならなかった、過去のもの。

「パトリシア様はすでにやさしく、そしてお強い。……今はやりたいことをやってみる期間だと思えばいいのです」

やりたいこと、と言われてパトリシアの気持ちが躍り出した。

一瞬、言葉にするのを躊躇したが、アルトの眼差しをふんわりと受けて口を開く。

「……実は、友だちがほしいのです。他愛のないことで笑いあえるような」

なんと子どもっぽい夢だろうか。パトリシアは赤くなった。

アルトは、穏やかに微笑みながら頷く。

それと……とパトリシアは続ける。

「奴隷解放法案はまだ原案の状態です。議会で承認されなければ施行されません。これから具体案を作って、議会に進言するつもりでいます」

皇后になれないのなら、政治家や大臣を目指せばいい。

女性だって社会に進出できるのだと、全世界に示せばいい。

「だから私は、アカデミーでどうしても学びたい」

パトリシアの志の高さに、アルトは感銘を受けた。

「勉強をする。友だちを作る。わくわくすることが、これからたくさん待ち受けていますね。パトリシア様！」

無邪気に笑うアルトを見て、パトリシアの決意はますます固まった。

「初めは反対していたお父様も、宰相が学園に推薦してくれると聞いて、渋々あきらめたようです。彼らの面目をつぶさないためにも、頑張らないと！」

「素晴らしい心構えです。では、夢があふれる学園へと向かいましょうか」

アルトはそっとパトリシアに向かって手を差し出した。

以前、皇宮内をエスコートしてくれたときと同じように――。

「パトリシア様なら大丈夫です。私は信じていますから」

「はい！」

アルトの手をとって馬車へと歩みを進める。

これから向かう場所は、パトリシアにとって未知の場所。

けれど――いや、だからこそ、期待で胸が高鳴るのだった。

「行きましょう。アカデミーへ！」


「ようこそ、アカデミーへ」

たどり着いたアカデミーは、想像とは少し違っていた。

歴史ある煉瓦造りの建物ながら古めかしさは感じない。ところどころ苔などが生えているが、手入れが行き届いているせいか、建物に美術品のような美しさがある。入口の大きなゲートは全体的に優雅な印象で、紋章を模《かたど》った部分には金が差し色として使われている。校舎へと続く一本道の両サイドには、綺麗に刈られた芝生。その奥には色とりどりの花に囲まれた噴水がある。

想像よりも大きく美しい学園は、まさに理想の場所だった。自然と人工物、古さと新しさが混在するその場所を、パトリシアは一目見て気に入った。

「本当は学園長自《みずか》ら出迎えに、って話だったんだけど、騒《さわ》がしくされるのは嫌だろう？だから代わりに僕が迎えにきたんだ」

「ありがとうございます。クライヴ様」

アカデミーで出迎えてくれたのは、クライヴであった。制服を着ているせいか、なんだかいつもとは違う人のように感じる。腰に剣も携《たずさ》えておらず新鮮な雰囲気だ。

クライヴの後ろから一人の男性がひょっこり顔を出した。はちみつ色のウェーブがかった髪に、同色の瞳。目元のほくろが印象的なその人に、パトリシアは慌てて頭を下げた。

「――これは、ハイネ王太子殿下にご挨拶申し上げます」

「お久しぶりです、フレンティア公爵令嬢。いつも姉がお世話に、いや、迷惑かけてます」

アヴァロン王国の王太子、ハイネ・アヴァロン。

友好国である隣国アヴァロンには、何度も足を運《はこ》んだことがある。その時によくしてくれるのがハイネの姉、ヘラ王女だ。ハイネと似て長身に同色の目と髪。口元のほくろが色めかしくも男性のように髪が短いため、どこか少年のようにも見える不思議な女性。

弟のハイネを前にして、男装の麗人《れいじん》であるその姿を思い出す。

「……そういえば、ハイネ王太子殿下ときちんとお話しするのは初めてに近い気がします」

「あー……姉様の鉄壁《てっぺき》ガードがあったから」

遠い目をするハイネに、隣にいたクライヴがじとっとした視線を向ける。

「自分の姉にも信用されてないとか終わってるぞ」

「俺もあっちを信用してないからいいんですー！」

パトリシアは以前、ヘラから聞いたことがあった。確かハイネは少し、女性関係にだらしないところがあると。だから自分に近付けなかったのかと、当時のことを思い出し納得した。

「こいつには言い聞かせてあるから安心していいよ。パティに変なことはしないから」

「俺《ハイネ》のことなんだと思ってるの？」

ハイネはむっと唇を尖《とが》らせながら、はいはいと空返事をした。クライヴがギラリと睨《にら》みを利かせるもあまり効果はないようだ。今のやりとりだけでも二人の仲のよさが伝わってくる。あのクライヴがこれだけ素の表情を見せるなんて、ハイネは素敵な友人なのだろう。

やりとりの軽快さに心地よさを覚えていると、クライヴが奥のほうを指差した。

「パティ、学園を案内するよ。ついてきて」

「はい。お願いします」

「本当は学園長に挨拶に行くべきなんだろうけど、忙しい人だから……」

「今ちょうど授業中だから、先に敷地内を案内したほうがいいんじゃない？」

学園内は静かで人の姿は見えない。まさに授業の真っ最中らしく、パトリシアは校舎のほうを見ながら瞳を輝かせた。もうすぐ教室で勉強ができるなんて！　と。

贅沢かもしれないが、友だちが欲しいという願いもかなうかもしれない。わからないところを教え合ったり、休み時間は遊んだり、ご飯を一緒に食べたり――。

想像するだけで楽しすぎると、パトリシアの足取りが軽くなる。

「学園は広いから、最初は迷わないように気を付けてください」

ハイネの言葉に頷きつつ、辺りを見回した。遠巻きからでもその壮大さがわかる。どれほど目を凝らしても、学園を囲う壁は見えなかった。

「あっちに庭園があるんだ。パティが好きそうな花がたくさん咲いているよ」

「お、花が好きだなんて、さすがは麗しの乙女だ。けれど、花の美しさですらもあなたの前では霞《かす》んでしまうんでしょうね？」

「お前……、それ今度、ヘラ王女殿下の前で言ってみろ」

「ぜったい無理」

ぶんぶん首を振って否定したハイネは、そのままむぐりと口を閉じた。どうやらあまりヘラのことが得意ではないらしい。

「パティが花より綺麗なんて当たり前のこと言うなよ」

「………あー、ね？　あーうん、そっか、うん。お前でもそんなこと言うんだな……！」

ハイネは驚きを隠せない表情で呆然と頷き、顔を赤らめたパトリシアは足を早めた。

「庭園に！　早く、行きましょう！」

場所もわからずに歩き出したので、進むたびにクライヴから訂正が入る。それを何度か繰り返しつつ進むと、庭園にたどり着いた。

「素敵なところですね」

「一年中花が咲いているんです。植物には疎《うと》いので、冬にも咲く花があることをここに来て知りました。姉様あたりがそういったことに興味を持ってたらよかったんですがね」

「ヘラ殿下は、花々より馬や剣の方がお好きですから」

「ガサツなんです」

呆れたように肩をすくめ首を振るハイネを、パトリシアは少しだけ悲しげに見つめた。

令嬢としてヘラのあり方は正しくないのかもしれない。ズボンを履《は》いて馬に跨《また》がり、野を駆け巡る。とても一国の王女とは思えない。けれど……。

「……道から外れるのは、とても勇気のいることです」

「道？」

「定められた道、正しい道。それらを踏み外した時、その人の存在価値は否定されます」

「そりゃあ、正しくない道を選んだら不正解なんですから、当たり前では？」

「そうですね。……私が今ここにいることも、不正解ですので」

「──おっと……そういうことか」

不用意な発言であったことを察したハイネは、一瞬、気まずそうな表情をしたものの、好奇心に負けたらしく質問を続けた。

「フレンティア嬢はなぜ、道を逸れようと？　姉様の話を聞いている限り、とてもそのような人とは……」

「おい、変なことを聞くな。パティの気持ちも考えろ」

クライヴの気遣いはありがたいが、そこは誰もが気になるところだろう。自分としては話すことに抵抗はないと、パトリシアはクライヴに礼を述べてからハイネへと向き直った。

「クライヴ様、ありがとうございます。ですが、なにからお話ししましょうか……？」

「ハイネ、兄上が奴隷の女に懸想《けそう》してたのは知っているな？」

「懸想って……。恋をしたと言いなさいよ。じいさんかお前は」

これには思わず笑ってしまった。二人の軽快なやりとりは、聞いていて飽きない。

「皇帝陛下の生誕祭であったことは聞いてるけど、それでどうして……？」

「そうですね……」

パトリシアは、あの日のことを包み隠さず語った。アヴァロンの聖女の予言に、パトリシアの婚約破棄宣言。そして、その後のことを——。


「——アレックス！　どういうつもりだ⁉」

パトリシアの婚約破棄宣言に激怒した皇帝の怒号が、会場内に響き渡った。その声にパトリシアが体を震わせた刹那《せつな》、後ろにいたアレックスが慌てて声を上げた。

「父上、私はっ！」

アレックスが声を上げたその時、彼の下へミーアが走り寄りその腕に抱きついた。

「皇帝陛下！　これは全てパトリシア様のせいです！　アレックス様は悪くありませ

ん！」

ミーアのまさかの言動にその場にいる誰もが息を呑《の》んだ。

「…………アレックスよ。なぜその娘がここにいる」

「捕らえなさい」

皇后の命により騎士たちは真っ直ぐにミーアの下へ向かおうとしたが、アレックスはそれを制し、その背後に庇《かば》う。

「待て。彼女は私が招待したのだ。不法に入ったわけではない」

「愚か者っ！　それが原因だとなぜ気付かないのだ！」

皇帝の言葉にアレックスの顔はみるみる青ざめるも、彼は必死の抵抗を試みた。ただ皇帝の怒りを増幅させるだけだと気付かずに。

「しかしっ、皇帝陛下。私にも人を招待する権限《けんげん》はございます。それに彼女は……皇太子妃になる女性です！」

もはや皇帝も呆れている。アレックスはそれに気付かずに続けた。

「決めました。彼女は私に必要な人。支え、愛し、癒《いや》してくれる。そんな彼女にそばにいてほしいのです」

「アレックス様……」

頬を染め見つめ合う二人。なんという喜劇だろうか――。

パトリシアは徐々に落ち着きを取り戻していった。会場内の雰囲気もどんどん白けていく。先ほどまで誰もが皇室の痴態《ちたい》にざわめき立っていたというのに、こういうことは本人たちが盛り上がれば盛り上がるほど、周囲は冷めていくようだった。

「……アレックス。お前は自分がなにを言っているのかわかっているのか？」

「陛下——」

怒りに我を忘れそうになる皇帝を皇后が静かな声で鎮《しず》めた。さすがにこれ以上は皇室の威厳にも関わってくることだ。

「ひとまず、お開きといたしましょう。これ以上は控え室で」

「…………あとは皇后に任せる」

皇后に耳打ちされたお側付きの従者がてきぱきと指示を出し、パーティーはお開きとなった。渦中《かちゅう》の人物たちが控え室へと集められる。

ソファに腰を下ろす皇帝とその隣に皇后。正面にアレックスとパトリシアが座り、その父である公爵とクライヴ、ミーアは立って話を聞いていた。

「……パトリシアよ。……意志は固いのだな？」

宣言をした時は場の勢いがあった。頭の中で響いたぷちっという音に踊らされたともいえるだろう。

（けれど……）

婚約破棄宣言をしたことに後悔はないと、力強い意志を持って前を向いた。

「――はい」

「……そうか」

皇帝はそれしか言わずにしばらく目を伏せると、今度はアレックスへと視線を向けた。

「このような問題を起こして、ただで済むとは思ってないな？」

「……なぜいけないのですか。私はただ愛する人と結婚したいだけなのにっ！」

「ふっ」

そこには口元を押さえるクライヴがいた。冷笑《れいしょう》する彼に、アレックスは鋭い睨みを利かせる。

「クライヴ、貴様っ！」

「兄上、あれだけ忠告したのに、自分から泥舟に乗るなんて。せめて最後まであなたの味方であろうとしたパティは、手放さないほうがよかったのでは？」

「クライヴ、お前は黙っていろ」

「黙りませんよ。皇位継承者が公の場で失態を演じたのだから。そうでしょう、父上？」

皇帝がクライヴの呼びかけに顔を上げると、その顔は一気に十も老けたように見えた。

「…………ああ、パトリシア。私はそなたを娘と、そう呼びたかった」

「……もったいないお言葉でございます、陛下。…………私も、許されるのなら陛下を、父とお呼びしたかったです」

皇帝はパトリシアのことを実の娘のように愛し大切にしてくれたが、常に威厳を持ち、偉大なる存在だった。そんな方が涙を流したことに、パトリシアは体が引き裂かれるような痛みを感じた。

「――パトリシアと皇太子の婚約を破棄する」

「……皇帝陛下に感謝申し上げます」

ああ、これで本当に終わったのだ。幼き日々からの重圧も、責務も、夢も。そう思い、ふと肩から力が抜けた瞬間、隣に座っていたアレックスが勢いよく立ち上がった。

「なら、私とミーアの結婚を！」

アレックスが腰を上げた瞬間、それを遮るようにずっと黙り込んでいた公爵――パトリシアの父親が声を上げた。

「アレックス殿下。我々との関係を白紙に戻してください。この意味がおわかりですか？」

「――うっ……」

「公爵家はそこまで甘くはございません。パトリシアと婚約破棄をした今、その後ろ盾はなくなったものとお思いください」

彼が皇太子でいられたのは公爵家の後ろ盾があったからこそ。今後も地位を守れるかどうかは彼の力量次第だ。

「皇帝陛下。今宵はもう娘を連れて帰ってもよろしいでしょうか？」

「……ああ、もちろんだ。パトリシア、疲れただろう」

「…………はい」

パトリシアは取り繕《つくろ》うことができないほど、疲労困憊《ひろうこんぱい》していた。すると、それを察していた公爵が彼女を引き寄せ、その肩をやさしく包み込んだ。

「それでは我々は失礼します」

「ふ、フレンティア公爵……」

アレックスが助けを求めるように手を伸ばしたが、公爵はそれに凍《こご》えるような冷たい視線を送った。

「私の娘を馬鹿にしたこと、どうぞ後悔なさってください」

こうして、パトリシアは皇宮を去った。

全てを聞き終えたハイネは、腕を組んだ状態で首を傾げた。

「それは婚約破棄して当然というか……。ただ、皇太子殿下は大丈夫なんですか？　……その、いろいろと」

「兄上の頭はもともと大丈夫じゃないぞ」

「オブラートに包んだのに！」

気まずそうなハイネとは対照的に、隣にいたクライヴはなんてことなさそうに口にした。

だが、パトリシアは今の会話を聞かなかったことにした。アレックスは今もこの国の皇太子だからだ。

「では、今はその奴隷の娘が皇太子妃候補に？　……んなわけ、ないか？」

そんな簡単な話だったら、誰も苦労せずに済んだだろう。噂によると、何も進展してはいないらしい。

「だから馬鹿なんだ、兄上は。自分のことをなに一つわかっちゃいない。どれだけ周りに救われていたことか」

その言葉にパトリシアは、幼い日のことを思い出した。

皇宮に呼ばれて父親と共に皇帝陛下に謁見をしていると、慌てた様子の侍女が入ってきて、いつもの台詞を言う。すると父親の表情は険しくなり、皇帝は考え込む。そんな二人を置いてパトリシアは走った。

いつもと同じ、あの部屋へ。

磨き上げられた大理石の床が広がる大きな一室に、部屋の主の肖像画が飾られ、そばには丹精《たんせい》な彫りを施された花瓶に美しい花々が生けられている。その奥には大人が三人寝転んでも余裕の特大ベッドがあり、それがふかふかであることもパトリシアは知っていた。

——その部屋がある瞬間、一変する。

カーテンやベッドの布類は切り刻まれ、床には投げ捨てられた花々が散乱し、花瓶は見る影もなく粉々になっていた。投げ捨てられたクッションからは真っ白な羽根が舞い、ゆっくりとその汚れた床に落下していく。それらは全て、たった一人の男の子がやったことだった。

「兄上がどれほど努力をしようとも、皇帝には……。血筋以前の問題だ」

ハイネが思い出したようにパトリシアに向き直る。

「そういえばその予言ってやつですけど」

「――……えぇ」

麗しの聖女が声高々にした予言。彼女はこの国に災いをもたらすのはパトリシアだと告げた。国を思うパトリシアにとってその言葉は鋭い刃《やいば》となり、この胸を貫いた。

「たぶん嘘《うそ》ですよ」

「……………………はい？」

石像の如《ごと》く硬直《こうちょく》したパトリシアに、ハイネはさらに追い討ちをかけた。

「その聖女って、俺の婚約者なんです」

「そういえばそうだったな」

「お前はフレンティア嬢以外にも興味を持ちなさい。何回か会ってるだろ」

ふいっと顔を背けたクライヴは、本当に忘れていたという顔をしている。あれほどまでに美しい女性だったのに、彼は興味がないようだ。

「んで、そのセシリーは【特別な力】といえるようなものは持ってないんですよ」

「聖女って、呼ばれてるのに？」

「教皇の娘だからって、信者たちがそう言い出しただけなんだよ。一応ボランティア的なこともやってたし、あの見た目だからなぁ」

ハイネによると信者らが彼女を聖女ともてはやし、その呼び名が他国にも伝わった。すると噂話に尾ひれが付き、彼女には神聖な力があるのでは？　となったようだ。

「つまりこの間の予言は偽りだったと？」

「あいつ、政策とか全く理解してないだろうから……。ただ……」

ハイネは考えるように顎に手を当て、しばしの沈黙ののちに口を開いた。

「フレンティア嬢が教皇に目を付けられた可能性はないですか？」

「……教皇、ですか？」

正気に戻ったパトリシアは、記憶を辿《たど》った。アヴァロンにいるという教皇。信奉者の多さと豊富な資金源から、一国の主と同等の力を持つといわれている。かつてはローレランも教会と深い関わりがあったが、現教皇とは顔を合わせたことすらなかった。

ハイネが頭を左右に揺らしながら悩んでいると、彼の隣で同じように考え込んでいたクライヴが顔を上げた。

「ハイネの考えは合ってるかもしれない。おそらく奴隷解放法案が原因だ」

それが教皇となんの関係があるのだろうか？

「え？　あの件を進めてたの、フレンティア嬢なんですか⁉」

「表向きはアレックス様のお名前で、ですが……」

「兄上にこんな難しいことできるわけないだろ」

「腹違いの兄弟って、こんなに仲が悪いものなの？」

クライヴとアレックスは仲が悪いどころではなく、言うなれば敵同士だ。

「なるほどなぁ。なら教皇の仕業で間違いなさそうですね」

「……どういうことですか？」

「奴隷を解放されると、教皇側はちょっと面倒なことになるんですよ」

「教皇は未だにローレランへの進出を諦めていない。だから手っ取り早く奴隷たちを懐《かい》柔《じゅう》しようとしていた、って言えばパティなら察しがつくんじゃない？」

なるほどと思いながら、ローレランの歴史を遡る。そもそも帝国と名乗ることができたのは、その当時の教皇のおかげだった。ローレランは武力を、教皇は皇帝という地位をそれぞれに与え合ったのだ。その後、何代かのちの皇帝と教皇が仲違いし、教皇はローレランを去ったという。現教皇が今もローレランへの進出を目指しているのなら、手始めに狙いをつけるのは懐柔しやすい奴隷たちというわけだ。

「……心身共に疲弊《ひへい》した人は、信仰心を持ちやすいですからね」

「藁《わら》にもすがる思いの人ほど、神を信じやすい、と」

「その奴隷たちをフレンティア嬢が解放しようとしていることを、教皇がどこかから聞きつけたというわけですね」

二人の読みはあくまで憶測に過ぎないが、的《まと》を射ているようにも感じる。

「今代《こんだい》の教皇様は権力志向であらせられるのですね？」

「だいぶ。娘を王太子妃にするために、かなりあくどいこともしてたって噂があったくらいですし……」

もの問いたげな顔をするクライヴに、ハイネは両肩を上げた。

「信者である権力者がなにをしても教皇は知らぬ存《ぞん》ぜぬだから」

パトリシアはふう、と息をついた。あの予言が陰謀《いんぼう》の上の虚言《きょげん》だったとしたら……。うつむくパトリシアに、ハイネは明るく話しかけた。

「まあいざとなったら俺やクライヴもいますし」

「皇帝も正式に抗議するそうだし、教皇もすぐには動かないんじゃないかな？　たぶん」

「んじゃ、とりあえず今は学園を楽しむことを優先ですね」

「……はい！」

その通りだ。パトリシアは立ち上がるとグッと両手を握りしめた。

「まずは学園生活を楽しまないと！」

「そうそう！　んじゃ、改めて学園案内を……」

ハイネが仕切り直そうとしたその時、前から制服姿の男性が一人歩いてきた。

「…………どうも」

背が高く、すらりとした容姿。すっきりとした目元は清潔な印象だが、同時に少し冷たさも感じる。そんな人がクライヴとハイネを見て眉を顰《ひそ》めながら、軽く会釈《えしやく》してきた。この一瞬だけで二人とは良好な関係でないことがわかる。

「授業中になにをしている？」

「その言葉、そのまま返しますが？」

「……私はレッドクローバーのトップとして仕事をしていただけだが」

「こっちも学園長からの依頼で、転入生の案内をしていただけですが？」

「――転入生？」

パトリシアは自己紹介をした。

「はじめまして。パトリシア・ヴァン・フレンティアと申します。本日よりこの学園で学ばせていただきます。よろしくお願いします」

パトリシアの名前を聞いた男は、目を見開き固まったが、ハッとして大きく咳払いした。

「……失礼。女性の転入は珍しいので……。私は、この学園で生徒たちをまとめる役割を担うレッドクローバーに所属しているシグルド・エヴァンスです」

「ちなみにローレラン帝国伯爵家の子息《しそく》」

横からクライヴが助言してくれた。伯爵家の子息なら顔を合わせたこともありそうだが、残念ながら記憶にはない。

「シグルド。こちらはローレラン帝国の公爵令嬢だ。失礼のないように」

「公爵令嬢がなぜ学園に……？」

どう説明したものかと困っていると、そんなパトリシアを庇うようにクライヴが代わりに答えてくれた。

「パティはこの学園に学びにきたんだ。我々以上に」

「学び？　公爵令嬢が？　そ……そう、か」

「……今日からよろしくお願いします」

女性が勉強をすると言うと、この国の人は大抵《たいてい》彼のような反応をする。今思えば、パトリシアが学びたいと言った時、無条件に受け入れてくれた両親には感謝しかない。

「なにかわからないことがあったら聞いてください」

「ご心配なく。パティには僕がついている」

クライヴの口調から不穏な空気を感じ取ったが、微笑みだけを浮かべた。触らぬ神になんとやら、だ。

「シグルド！　もう、こんなところに——。クライヴ様!?　ハイネ様も！　お二人に会えるなんて嬉しい」

突然現れた女性がシグルドの横に並んだ。顎の辺りで切りそろえられた赤い髪に、同色の猫のような瞳。艶っぽい唇を愛らしく開きながら、女性はハイネの腕に抱きついた。

「今からシグルドたちとお茶会するんですけど、よかったらお二人も来ませんかぁ？　可愛いクッキーを焼いたので、食べてほしくて」

なんだろうか？　彼女の言葉の語尾には、ハートがついているように聞こえてくる。個性的な女性なのだなと見ていると、クライヴが冷めた口調で答えた。

「忙しいんで」

「俺もやることとあるからまた今度！」

自身の腕から女性をやさしく離したハイネは、そのまま一歩後ずさった。明らかに困っている表情を見せるが、女性のほうは諦めるつもりはないらしい。

「前回もそう言ってたじゃないですか！　だから今回こそは来てくださいよぉ」

「マーガレット。彼らは忙しいんだから諦めろ」

「……わかったわよ」

マーガレットと呼ばれた女性はシグルドの言葉にようやく引き下がったが、名残惜《なごりお》しそうにクライヴとハイネを見ている。どうやらこの二人、相当モテるらしい。こちらを向いたマーガレットと目が合った。彼女はじとっとした視線をパトリシアに向けた後、ふんっと顔を背《そむ》けた。

「それじゃあ、我々はこれで」

「クライヴ様、ハイネ様！　次こそ一緒にお茶会しましょうねぇ」

「あー、うん、はい……うん」

煮え切らない返事をするハイネと見向きもしないクライヴに手を振ったマーガレットは、パトリシアを強く睨みつけるとシグルドの腕に抱きついて去っていった。

「……なんというか、個性的な方々ですね」

「疲れるだけだよ、本当に……」

「普通の令嬢ならこれで諦めてくれるんですけど、マーガレット嬢はタフなんですよねぇ」

「タフ？　空気が読めないだけでは……」

「あえて読んでないの、彼女は」

おそらく、ハイネの言うことが正しいのだろう。マーガレットから向けられた視線には覚えがあったため、理解ができた。

「……パティ、大丈夫？」

クライヴとハイネは、マーガレットの視線に気付いていたようだ。どことなく不安そうな二人に、パトリシアはにこりと笑ってみせた。

「気にしていません。社交界でこういったことは日常茶飯事《にちじょうさはんじ》でしたので」

「そうだった。パティはあの一癖《ひとくせ》も二癖《ふたくせ》もある社交界で生きてきたんだった」

「それよりも学園の案内の続きをお願いしたいのですが」

「あ、そうだね。行こう」

クライヴとハイネの後を歩きながら、パトリシアは思った。今は一刻《いっこく》も早くこの学園のことを知りたい。

ここから新しい一歩が始まるのだから——。


学園は思ったよりも広く、さまざまな施設があった。メインである学舎《がくしゃ》はもちろん、騎士志望者専用の学舎やグラウンドに厩舎《きゅうしゃ》や馬場《ばば》。さらには簡単な物品を購入できる店舗まであり、ここだけである程度の生活はできるようになっていた。

「……やっぱり、面白い場所ですね」

「そう？　まあ物珍《ものめずら》しさはあるかもね」

最後に案内してもらった寮は、パトリシアのお気に入りの場所の一つになった。石造りの建物の中心部分にエントランスがあり、二階に食堂、三階に管理人室がある。その左右に三階建ての宿舎《しゅくしゃ》があり、一階の浴室《よくしつ》以外は全て生徒たちの部屋となっている。左右で男女に分けられ、基本行き来は可能だが、夜間は禁止だ。

パトリシアには、その宿舎の中の一人部屋が与えられた。部屋の中には公爵家から持ってきた小さなベッドと、数着の服が入るクローゼット。三人がけソファーにテーブル。そして、ところ狭しと置かれた本棚と勉強机。質素《しっそ》だが、本に囲まれて好きなだけ勉強できる空間に、パトリシアは満足した。

クライヴがそっと校舎の大時計を見上げていた。

「思ったよりも早く終わったね」

「これなら午後の授業、出られるんじゃないか？」

授業と聞き、パトリシアは瞳を輝かせた。こんな素敵な学園で一体どんな授業を行っているのか？

「ぜひ、受けたいです！」

「じゃあ教室に行こうか」

校内には外壁《がいへき》同様に古さと懐《なつ》かしさを感じる趣《おもむき》がある。年月を感じさせる色合いの壁や廊下に、少しぼやけた古い窓。けれど、どこもかしこも手入れが行き届いていて、居心地のよさを感じる。三人が二階にある教室に近付くと、扉の前に教師が立っていた。初老の男性は、初めて会うパトリシアに驚いた表情を見せた。

「それじゃ、僕たちは先に入ってるね」

「フレンティア嬢、また後で」

二人が教室に入った瞬間、大きな鐘の音が鳴り響き、授業の始まりを知らせた。

教師に付いて教室に入ると、そこには夢見た光景が広がっていた。入って右側に大きな黒板。その反対側に生徒たちが座る、なだらかに傾斜した階段状の座席。これなら後ろの生徒も見えるのだな、と感心していると、教師から自己紹介を促された。

「パトリシア・ヴァン・フレンティアと申します。よろしくお願いいたします」

二、三人の女生徒たちは興味なさそうに、逆に男子生徒はフレンティアという名に驚愕《きょうがく》した様子だ。早く親しい友人が欲しいと期待しつつ、教師に案内された後方の席へと向かう。

クライヴとハイネがいることに安心感を覚えながら、鞄から教科書などの必要なものを出した。

「それじゃあ、昨日の続きから」

始まったのは歴史の授業だった。まさに夢描いていた場所だとよろこびを嚙み締めつつ教科書へと手を伸ばして、はたと動きを止めた。

(昨日の続きとは、どこからだろうか……?)

教師に聞こうにも授業を止めることにためらいを覚える。クライヴとハイネは前のほうの席で聞けそうにない。どうしたものか……と、ちらりと隣を見ると女生徒が座っていた。緑がかった黒の長い髪をゆるく三つ編みのお下げにし、サーモンピンクの瞳には黒縁《くろぶち》の眼鏡がかけられている。小柄なその女性は、授業の内容をかなりの勢いでノートに書き取っている。こちらも声をかけづらい雰囲気だが、致し方ないと小声で話しかけた。

「すみません。今やっているところは教科書の何ページでしょうか?」

女性はものすごい勢いでこちらに顔を向けると、怪訝《けげん》そうな顔をした。まるで、なんでそんなことを聞くのだと言いたげな表情に、慌てて弁解《べんかい》をする。

「あの、私、本日転入してまいりまして」

「知ってる。さっき聞いた。……………一六五ページ」

「あ、ありがとうございます」

ようやく授業を受けられる高揚感《こうようかん》に包まれた。ページの初めにあるローレラン帝国の成り立ちに、ふと懐かしさを覚えた。歴史は皇太子妃の必修だったため、幼いころから寝物語として書物を読み漁《あさ》っていた。皇室所蔵の重要文化財に指定された本も読めたので、皇太子妃候補として少し得できたかもしれないと思う。

「九八二年、当時の皇太子であったアーサー殿下が率いた軍は、トゥラン軍との戦いである戦術を用《もち》いて勝利した。この戦術を知っている者は？」

手を挙《あ》げる者はいないらしい。勝利したことは教科書に記載されているが、戦術は論文を確認する必要がある。誰もわからないのなら……と思っていると、隣の女性が手を挙げた。

「シェリル・ロックス。答えてみなさい」

「はい。皇太子殿下はヤエの木を使われました。ヤエの木はトゥランにのみ生えている木ですが、その枯れ木を夜営《やえい》のために燃やしたところ、兵士が中毒症状を起こしたのです。それに気付いた皇太子殿下は、トゥランの野営地の風上でそれを燃やしました」

「その通り。トゥランの兵士のほとんどがその煙を吸って中毒症状になり、戦うこともできずに戦線離脱《りだつ》。皇太子殿下は劣勢《れっせい》の中、知略《ちりゃく》で勝ったわけです」

よくできました、と褒められた彼女は平静を装いつつ、机の下で何度も小さくガッツポーズを繰り返している。嬉しかったのだろう。その姿を見てわかるなと小さく頷いた。パトリシアも幼いころ、皇室からやってきた家庭教師の質問に答えられた時、同じように何度も隠れてよろこんだものだ。なんだか自分と似ているな、と思っていると教師がもう一度こちらへと視線を向け、質問した。

「ちなみにこの敗北が原因でトゥランは国を失ったわけだが、その時トゥラン側が条件を出してきた。わかる者はいるか？」

レベルの高いアカデミーだな、とパトリシアは驚嘆した。この話も専門の書物を読まないとわからないはずだ。

「いないか？」

「はい」

誰もいないのならと手を挙げると、教師の視線がこちらへと向けられた。

「……フレンティア。答えてみなさい」

「はい。トゥランの要求は伝統的な歌舞《かぶ》を絶《た》やさないことでした。独自性のあるトゥランの歌舞は彼らにとっての歴史であり財産でもあるため、舞手《まいて》の子孫とローレランの貴族が婚姻関係を結びました。我が国に伝わる伝統的な舞《まい》の一部は、トゥランの歌舞からきていると《も》言われています」

「その通りだ。次は……」

やはり勉強はいい。知識は増えれば増えるほど己の助けになるな、と一人ほくほくしていると、授業の終わりを告げる大きな鐘の音が鳴り響いた。楽しい時間はあっという間に過ぎ去ってしまうのだなと寂《さび》しさを感じていると、隣から声をかけられた。

「——っ、あ、あのっ」

「はい？」

横を見ると、顔を真っ赤にした女性が目を泳がせながら話しかけてきた。

「あの、っ、さ、さっきの、歌舞のやつ、……あ、あれって本……なに に………っ」

パトリシアはきょとんとしつつ、彼女の言葉を理解しようと頭を働かせた。

「……歌舞の歴史が載っている本をお探しですか？」

「——！　え、ええ。自分でちゃんと勉強したくて……」

女性の言葉にパトリシアは一瞬にして瞳を輝かせた。もしかしてこれは似た者同士というやつではないだろうか？　パトリシアも彼女と同じように知らないことがあると、調べたいと感じる。パトリシアは心の中でわかる！　と思いながら、力強く何度も頷いた。

「歌舞の件は、トゥランの歴史を調べたほうがずっとわかりやすいです。一番のおすすめは『今はなきトゥランの歌舞』という本なのですが、よろしければお貸ししましょうか？」

「…………いいの？」

「もちろんです！」

物の貸し借りなんて友人のようではないかと、パトリシアはわくわくしてしまう。何度も頷くパトリシアに戸惑いつつ、女性は赤くなった自分の頬にそっと触れた。

「…………ありがと」

「いえいえ！」

同い年の女性とこんな約束ができるなんて。よろこびに口元が緩《ゆる》むのを抑《おさ》えられずにいると、その女性が思い出したようにもう一度こちらへと振り向いた。

「……自己紹介、忘れてた。シェリル・ロックスよ」

「パトリシア・ヴァン・フレンティアと申します！　親しい人はパティと呼びます」

「……パティって呼んでいいの？」

「もちろんです！」

これはもう友だちと呼んでもいいのではないだろうか？　自己紹介に本の貸し借りの約束もしたのなら、これは友情が芽生《めば》えたと思っていいはずだ。

（ですが、こういう時こそ、落ち着かなくては……っ）

二度三度と深呼吸を繰り返す。一旦《いったん》心を落ち着かせようとしつつも、一刻も早く語り合いたいと我慢できずにシェリルに声をかけた。

「……あ、あの！」

「——パティ」

だがそれを遮るようにクライヴとハイネがやってきた。

「いやぁ、先ほどの解答は実にお見事《みごと》でした」

「パティはすごいんだよ」

「なんでお前が鼻高々なんだよ」

呆れた顔のハイネは、ふとパトリシアの隣にいるシェリルに気が付いた。

「そういえばシェリル嬢とお話ししてましたけど、早速仲良くなりました？」

ハイネの言葉に顔を見合わせたパトリシアとシェリルは、頬を赤らめつつ頷いた。

「お友だちになりました！」

「…………本を貸してくれるって言うから」

満面《まんめん》の笑みを浮かべたパトリシアと唇を尖らせるシェリルを見たハイネは、目尻をへにゃりと下げておどけて見せた。

「青春だぁ」

「おっさんか」

ハイネとクライヴがふざけ合っていると、シェリルがおずおずと口を開いた。

「知り合い……、で、すか？」

「敬語じゃなくて大丈夫！」

クライヴも無理して使わなくていいと伝えるが、シェリルがそれは無理だとぶんぶんと首を振った。

「無理無理無理無理！　自国の皇子に隣国の王太子よ!?　タメ口でいけるわけないでしょ!?

……わけないです」

「でも、お互い気楽なほうがいいのでは？」

ハイネの提案に、シェリルは数秒迷ったのちこくりと頷いた。

「で、パティ……と、二人は知り合いなの？」

「フレンティアって、この国の公爵家の名前なんだよ。実は」

それを聞いたシェリルはがっくりと肩を落とし、お手上げという表情でため息をついた。

「皇子に王太子に公爵令嬢？　私、場違いすぎない？」

「そんなことありません！　シェリルはもう私のお友だちです！」

「でも……」

「とりあえず午後の授業はこれで終わりだし、カフェテリアでお茶でもどうです？」

記念すべき初めての友だちを失いそうな雰囲気になったが、ハイネが名案を出してくれた。

「お嫌でなければ一緒に行きませんか？」

「……行く」

聞こえ方は渋々といった様子だったが、シェリルの耳が赤くなっていたので照れているだけなのだと気付いたパトリシアは、にっこりと笑った。

初めての友人と一緒に行くカフェテリア。きっと今まで体験したどんなティーパーティーよりも楽しいのだろうなと、わくわくとした足取りで向かう。多くの生徒たちが同じ方向に向かっていることに気付いたパトリシアがキョロキョロしていると、察しのいいシェリルが教えてくれた。

「中は人が密集するから、外のほうがいい時もあるのよね」

「パティ、ピクニック好きだよね？　今度やろうか」

「ぜひ！　その時はお菓子をたくさん作ります」

楽しい計画を話しながら歩いていると、あっという間にカフェテリアにたどり着いた。

校舎一階の奥の方にあるその場所はとても混雑していた。木造の室内はオレンジ灯に照らされ、やさしい雰囲気がある。入って右側にはたくさんの椅子とテーブルが置かれており、二階もあることから、かなりの人数がここで食事できるようだ。逆側にはカウンターのようなものがあり、そこから注文したものを受け取れるらしい。

エントランス側は一面ガラス張りで、太陽の明かりに照《て》らされている。居心地の良さそうな室内をあちこち見ながら三人に着いて行くと、彼らはてきぱきと紅茶やクッキーをトレーに取り、左側の階段へと向かった。

「ランチはほとんどここです。メニューも豊富なので飽きることはないと思いますよ」

「他国の料理とかもあるから、かなり楽しいわよ」

ご当地の名産エビのパスタに、教皇領で採れた山菜シチュー。ローレラン牛の煮込みは故郷の家庭料理だ。津々浦々の料理が学園で食べられるなんてすごいことだ。

なんてことを考えていると、入口付近が賑やかになり人だかりができていた。

「……どうしたのでしょうか？」

「あー……これはいつもの、かなぁ？」

どうやら三人はなにが起きているのか察しがついているようで、構わずに二階へ向かう。

しかし、パトリシアが不思議がっているのに気付き、テラス席に着いたあとシェリルが解説してくれた。

「あれは、マーガレット・エンバーの取り巻きたちよ」

「マーガレット嬢、覚えていますか？」

「ええ。シグルド様と一緒にいらした御令嬢ですよね？」

騒々しい一団を二階から見下ろすとマーガレットの両隣に彼女を守るように二人の男性

がいて、その前には五人ほどの女生徒がいた。

「あんたっ、いい加減にしなさいよ！　他人《ひと》の彼氏取るとかほんと最低！」

「私、そんなことしてないわ。あなたの彼氏が勝手に私を好きになっただけじゃない？」

「マーガレットの言う通りだ」

「そうです。彼女も迷惑してるんですよ」

どうやら男女のいさかい的なことらしい。この手のことは社交界で見慣れているが、一つ気になることがあり、隣で興味なさそうにしていたクライヴに声をかけた。

「マーガレットさんのそばにいる男性がたは、どなたですか？」

「クロウ・ルージュとロイド・マクベス。どちらもローレラン帝国の伯爵家の息子。次男か三男だからパティは会ったことないと思うけど」

「クロウは騎士としての成績が一位で、ロイドはテストの成績が常に上位です。どちらも目立つ存在ですね」

「だから近くに置いてんのよ」

マーガレットの人柄は前回のやりとりでなんとなく理解したつもりだったが、どうやら読みは間違っていないようだ。手すりにもたれかかったシェリルが呆れたように言った。

「あの女、頭の中の自分はお姫様なの。んで、シグルド、クロウ、ロイドの三人が騎士ってわけ。くだらないわよね」

シェリルは彼女のことをただ毛嫌《けぎら》いしているというわけではなく、なにかわけがあるように見えた。あとで聞いてみようと思っていると言い合いがエスカレートしてきたようで、怒鳴《どな》り声に近い女性の声がカフェテリアに響いた。

「調子に乗ってんじゃないわよ！　あんたが色目使ったんでしょ⁉」

「ひどい言いがかり。私はなにもしてないのに！」

「彼女がそんなことするはずないだろう。お前らこそマーガレットをいじめて恥ずかしくないのか」

「そうです。いつもマーガレットにひどい言葉をぶつけて……性根《しょうね》が腐《くさ》っていますね」

パトリシアは男性らに注目した。クロウ・ルージュは騎士志望だけあって、がっしりとした体つきをしている。逆にロイド・マクベスはすらりとしていて、女性と見紛《みまご》う美しい顔つき。なるほど、どちらも女性人気が高そうだ。

「……なぜ男性は彼女のようなタイプの女性に騙《だま》されるのでしょうか？」

パトリシアが問うと、ハイネは肩をすくめ、クライヴは呆れ顔になり、最後にシェリルがぴしゃりと言い放った。

「馬鹿なのよ。表面しか見ない、見えない、見たくない。ふん。ちょっと考えればわかることなのに」

　すると、今度はハイネが語り始めた。

「好きな人のいいところしか見たくないって気持ちは、わからなくもないけど」

　パトリシアもアレックスに恋をしていた時は、そうだったのだろう。だからこそ、いつかわかってくれると夢を見ていた。

　だが、クライヴがはっきりと言い返した。

「そうか？　相手のどんなところも受け止めて、納得するまで考えるのが恋だろう？」

「いやいや。クライヴのそれは、もはや愛だよ。そこまでの域に到達できるやつがそうそういると思うなよ」

　パトリシアは己の心を探る。嫌なところも受け止めるというのはとても難しいことだ。きっと今の未熟な自分にはできないことだろう。

　だとしたら、パトリシアは彼を好いてはいたけれど、愛してはいなかったことになるのだろうか……？

「ひとまず騒動の原因はわかったし、お茶にしましょ」

「さんせーい！　お腹空きましたねえ」

「パティも食べよ？」

「はい！」

食事をしながら何気ない話に花を咲かせていると、いつのまにかシグルドがやってきて、騒ぎを収めていた。ほかの生徒たちからの信用は厚いのかも知れない。ふと彼の視線がこちらを向く。その刹那、眉間に深く皺を寄せた彼に、パトリシアは軽く首を傾げる。

彼の視線を追うと、そこにはシェリルがいた。

「…………シェリル？」

「ん？　なに？」

「……シグルド様とお知り合いですか？」

するとき、今度はシェリルの眉間に皺が寄った。

「知らないわ。あんなやつ」

吐き捨てるように言われたその言葉に、なんとなく胸騒ぎを覚えたが、パトリシアは軽く頭を振ってシェリルらの会話に加わった。

――今は、お茶会を楽しみたい。

まさかその後、シグルドから呼び出されることになるなんて、この時のパトリシアは想像もしていなかった。

その日の放課後、パトリシアは一人図書室にいた。

室内はほぼ本棚で埋め尽くされており、窓際に数個の机と椅子が置いてあるだけの簡素《かんそ》な場所だが、室内に立ち込める古い紙やインクの香りが心地よい。本のラインナップに胸を躍らせて、今日は三冊ほど借りて帰ろうかと考えていると、大きな影が本棚を覆《おお》った。

驚いて振り返ると、そこには険《けわ》しい顔をしたシグルドが立っていた。

「……シェリル・ロックスのことで話が。彼女は――」

「お待ちください」

パトリシアは右手を彼の前にかざした。

「それは、ここでお話ししてよいことですか？」

「…………場所を変えよう」

シグルドは踵を返した。パトリシアは本を本棚に戻し、シグルドの後を追う。すると、彼は校舎の裏にやってきた。

「……シェリル・ロックスがなにをしたか、知っているか？」

明らかに険のある言いかたに、今度はパトリシアの顔が険しくなる。シグルドの意図がわからないからだ。

そんなパトリシアに、彼はまるで世間話のような軽さで語り始めた。

「シェリル・ロックスは、マーガレットが大切にしているブローチを盗んだんだ」

「ブローチ？」

「マーガレットは乳母の娘でな。私の体が弱く地方で療養《りょうよう》していたため、彼女とは兄妹のように育ったんだ。そんなマーガレットの誕生日に私がプレゼントしたブローチなんだ」

「……それで、あなたはどういった経緯でシェリルが盗んだと？」

「彼女らは一時期仲がよく、マーガレットに紹介されて私も何度も話したことがあった。この学園では珍しく勉学に励《はげ》む女生徒だったこともあり、親しくしていたんだ」

驚いた。シェリルはなんとなくマーガレットのような女性は苦手だと思っていたから。

「だが、ある日、シェリル・ロックスはマーガレットの部屋に無断で入り、ブローチを盗んだ。しばらくしてブローチがなくなったことに気付いたマーガレットから相談を受け、生徒の部屋を一斉に捜すことになったんだ」

「……それは何時ごろのお話ですか？」

「時間？　夕方ごろだ。生徒たちが部屋へと戻ってはいたが、我々はレッドクローバーの仕事をしていた」

レッドクローバーとは、学園内で起きた問題を解決する機関らしい。確かハイネが話していた。学力優秀な生徒に、人をまとめて指導する力をつけさせるためだと。

「普段ならマーガレットも一緒だが、その日は調子が悪いと先に帰り、ブローチがなくなっていることに気が付いた。そして、それがシェリル・ロックスの部屋で見つかったというわけだ」

なるほど。事の顚末《てんまつ》はわかった。だが、知り合って間もないが、果たしてあのシェリルがそんなことをするだろうか。

「その時、シェリルはどこにいたのですか？」

「……我々と共にいた」

「では、彼女はいつ盗んだと言っていたのですか？」

「……いや。最後まで否定していた。だが、動かぬ証拠があったからな」

物的証拠はある。しかし、それにしてはなんだかお粗末《そまつ》な話である。

「シェリルがマーガレットさんの部屋に入ったところを見た人は？」

「……いない」

「では、シェリルが休み時間に校舎を抜け出したところを見た者は？」

「…………それもいない」

パトリシアは呆れてため息をついた。この様子では、シェリルにきちんとした証言をする機会があったかも疑わしい。

「シェリルに話を聞きましたか？」

「聞いたが、やっていないの一点張りだった」

「……その証言を聞いてシグルド様はどうなさいましたか？」

「どうもこうもない。物的証拠がある以上、彼女は罪を免れることはできない。マーガレットが泣いて大ごとにしたくないというから、教師たちへの報告はしなかったが……」

パトリシアは体から熱が引いていくのがわかった。なるほど。彼のおかげでマーガレットの狙いがわかったと、瞼《まぶた》がすとんと落ち鋭い視線になる。

「そうですか。わかりました」

「……君にはつらい話かもしれないが、彼女からは距離を置いたほうがいいだろう」

パトリシアは、はたと動きを止めた。この人は一体なにを言っているのだろうか。全く見当違いの推理でシェリルを泥棒呼ばわりした上に、自信たっぷりの顔で助言をしてくるなんて。

人を見下《みくだ》した物言いも、過去の言動も、その全てが嫌だと思った。

(許しがたい)

――頭の中で小さくぷちっという音が響いた。

「ご忠告感謝いたします。ええ、距離を置かせていただきます」

「そうか、よかった。私は君が傷付くのは……見たくないから」

「ありがとうございます。私も私が傷付かないために、距離を置かせていただきます。

――シグルド様と」

「……え？」

きょとんとしているシグルドに、パトリシアはにっこりと微笑んでみせた。

社交界仕込みの笑顔の仮面は、きっと完璧だったことだろう。

「あなたの判断は正しかったとお思いですか？　不手際《ふてぎわ》はなかったと、胸を張れますか？」

「なにを……」

「人を罰するのは、難しいことです。その人のその後の人生を変えてしまうのですから。あなたはその覚悟を持って、きちんと調べ上げたと言い切れますか？」

裁《さば》きを下すのなら、第三者として公平な調査をしなければならない。上に立つ者は常にそうでなければならないのに。

彼はそれを怠《おこた》った。これが怠慢《たいまん》でなくてなんだというのだ。

「不確定要素を突き止めることもせずに結論付けたあなたと、これ以上話すことはありません」

「ま、待ってくれ。私が一体なにを……」

「少なくとも今のあなた様とこれ以上話すことはございません」

「ちょっと、待ってくれ！」

引き止めようとするシグルドを冷たい眼差しで一瞥すると、パトリシアは真っ直ぐ寮に向かって歩き出した。

ムカムカする気持ちのまま自室へと足を早めたが、ある部屋の前で立ち止まり扉をノックする。すると、少しして中からシェリルが顔を覗かせた。

「………………どうしたの？」

「少しお話ししてもよろしいですか？」

いかにも怒り心頭という顔でずんずん部屋に入ってきたパトリシアを、シェリルは冷たい紅茶でもてなしてくれた。シェリルの部屋はパトリシアの部屋と同じ大きさだが、ベッドが両端に一つずつ置かれている。机もクローゼットも二つずつあり、二人部屋であることは一目瞭然だった。

「……なんか怒《おこ》ってる？」

「とても」

ソファに腰掛けたパトリシアは手に持っているカップを力強く握った。シグルドから聞いたことを本人に話すのは少し気が引けたが、シェリルからもちゃんと話を聞きたい。それならば包み隠さず話すのがよいだろうと、シグルドとの間にあったことを全て伝えた。

するとシェリルは腕を組みつつ、納得したように頷く。

「なるほどね。……それで、パティはなんでそんなに怒ってるの？」

「人の罪を追及するわりには行動が浅はかすぎます。それに無実の罪で罰せられるなんて、あってはならないことです！」

そうはっきり言い切ると、シェリルは気恥ずかしそうに少しだけ顔を背けてから、すぐにパトリシアのほうを真っ直ぐに見つめた。

「……パティは私を信じるの？」

「シェリルのように聡明《そうめい》な人が盗みをするなんて考えられません」

「もし私が盗みを働くなら可能な限り完全犯罪を目指すわね」

そう、彼女ならあんな詰めの甘い計画を立てたりはしない。しかしだからこそ、一体なにがあったのか気になる。すると、それを察したらしいシェリルがぽつぽつと話し始めた。

「……パティは、レッドクローバーって知ってる？」

「シグルド様らが所属する学園の組織でしょうか？」

「そう。基本は成績上位者が入れるの。ちなみにクライヴ殿下は断ってた」

それはそうだろう。優秀なクライヴは、皇太子でなくとも山のように仕事を与えられているはずだ。そんな彼が学園のことまで担うのは、無理というものだ。

「……私、学年二位だったんだ。だから入る権利があって……でも渋ってた。人付き合いは得意じゃないし」

「そういう組織でしたら、たくさんの人と交流することになりますね」

レッドクローバーは学びの場であると聞いた。多くの人と意見を交わし、まとめることは一朝一夕にできることではないから。

「そう。だから断ろうと思ってたんだけど……」

突然、言い淀んだシェリルは窓の外に視線を向けた。

「…………断ろうとした時にマーガレットと出会ったの」

今から一年ほど前のことだった。

シェリルは、一年生最初のテストで二位になった。本当は一位になりたかったし、なれると思っていたが、その場所にはこの国の皇子であるクライヴが鎮座《ちんざ》していた。シェリルは皇子ならしょうがないかと無理矢理納得したが、やはり悔《くや》しさは残る。

そんな時に話しかけてきたのが、一学年上でなにかと話題のマーガレット・エンバーだった。彼女は成績優秀で眉目秀麗《びもくしゅうれい》な男子と仲がよく、女子から煙たがられている存在で、勉学のために孤立《こりつ》していたシェリルと似た扱いをされていた。

シェリルは一人が嫌なわけではなかったし、そっちのほうが勉強できて気が楽だとさえ思った。けれど寂しくないわけではない。

だから、嬉しかった。たとえ問題児だと言われている人だとしても、友だちができたことが。

「だから仲良くした。その後、マーガレットに紹介されてシグルドとも話した。彼は頭がよくて、話していて楽しかったから……」

そして、二人に案内される形でレッドクローバーにも顔を出し、クロウ・ルージュとロイド・マクベスも紹介されたが、彼らとはほとんど話さなかった。思えば、そのころからだったかもしれない。彼らがひたすらマーガレットを愛している様子を見て、気味が悪いと感じ始めたのは……。ただ、シグルドだけは時折マーガレットを窘《たしな》めることもあったから信じていた。

そんな時だ。マーガレットがこんなことを言い出した。

「シェリルはレッドクローバーに入るつもりないの?」

「んー……迷ってる。私、人見知りだし、そういう社交的なの得意じゃないから」

シグルド以外のメンバーともうまくやれるかというと厳しいように感じる。そう告げると、マーガレットは名案を思い付いたとばかりに手を叩いた。

「じゃあ! 代わりに私が入ってあげる」

「……え?」

マーガレットは成績上位者ではない。

だから彼女にはレッドクローバーに入る資格はなく、ただ遊びに来ているだけの存在だった。

「代わりにって……」

「できるわよ？　レッドクローバーの生徒たちからの推薦と枠があれば」

「……枠？」

「そう！　シェリルの枠をくれれば私が入れるってこと。社交苦手だって思うなら無理しないほうがいいわ。代わりに私が頑張るから！」

その時のシェリルはそんなマーガレットを気の利くやさしい子だと思ったのだ。あれだけ気難しいメンバーをまとめられるのだから、きっとこの学園の生徒のためにいろいろやってくれるだろう。自分なんかより、彼女のほうが適任だと。

だからその旨《むね》を二人でシグルドに伝えた。

その後、マーガレットがレッドクローバーに入って忙しくしていた頃、例の問題が起きたのだ。

「ある日マーガレットに呼ばれて彼女の部屋に行ったわ。そこでシグルドからもらったのだとブローチを見せられた。綺麗な装飾だと思ったけど、盗んでまで欲しいなんて思わなかったわ」

だが、次の日、それはシェリルの部屋にあった。

クロウとロイドに犯人扱いされたシェリルは、必死に抵抗した。その時シェリルは彼らと一緒にいたのだ。マーガレットの代わりに、シェリルが作業を手伝っていたのだから。だから不可能だ。

自分はずっと学園にいて、寮には行っていないと何度も言ったが、聞き入れてはもらえなかった。

最後にシグルドにもすがるような思いで同じことを伝えたが、彼は気まずそうに視線を逸らしただけ。

絶望感に襲われるシェリルに、クロウの胸で泣いていたマーガレットはこう言った。

「友だちだと思ってたのに……。シェリルはシグルドが好きなのよ。だから、私のブローチを盗んだんだわ」

その途端《とたん》に男性たちの顔色が変わった。

「……最低だな」

「ちがっ……」

「やめて！　シェリルを責めないで。私、わかるの。好きな人に振り向いてもらえないつらさ……。だから、こんなことしちゃったのよね？　でも大丈夫。大ごとにはしないから」

「…………なに、それ」

怖い。怖い怖い怖い怖い……。

自分は透明人間になったのだろうか、とシェリルは思った。

「でも、もうこんなんじゃ、シェリルをレッドクローバーには入れられないよね？」

「本来レッドクローバーは優秀な生徒だけが入ることを許された、この学園の重要な場所だ。そんなところに手癖《てくせ》の悪いやつを入れるわけにはいかない」

「そうだよね……。ごめんね、シェリル。——ばいばい」

彼女らとの関係は、これで終わった。


「なるほど……」

パトリシアは唸《うな》りながら聞いていた。

「なにもできないまま私は犯人扱いされ、あの女は欲しい場所を手に入れたってわけよ」

「とんでもないことですね」

「その後《あと》、ルームメイトから聞いた。あの日、マーガレットが私に貸した本を返してもらいたいって、部屋に入ってきたらしいの……」

部屋には鍵《かぎ》が付いているから、簡単に入れるものではない。侵入するには鍵を使うか、壊すか、はたまた持っている人に入れてもらうしかない。

「本を借りていたのですか？」

「ううん。あの子から借りるものなんてないもん。ましてや本なんて絶対ない」

物的証拠と証言証拠。その二つが見事に食い違っている。

「そのルームメイトはお部屋に？」

「放課後はずっといたそう。急にシグルドたちが来てびっくりしたって」

「ルームメイトはシグルド様にそのお話をしたのですか？」

「ううん。あいつらはブローチ見つけて終わりだったみたい。はなから私が犯人だって決めつけてたのよ」

なんと許しがたいことか。第三者の聴取《ちょうしゅ》もせず、事を終わらせるなんて。

「結局、ブローチはどこにあったのですか？」

「私の机の上。私、整理整頓が苦手で、いつも少しごちゃついてるの。だからルームメイトもブローチが置いてあっても気が付かなかったって」

残念ながら、シェリルはだいぶ前の段階から罠《わな》にかけられていたらしい。

マーガレット・エンバーはレッドクローバーに入りたかったが、そのためには枠が必要だ。だから、資格を持つシェリルに近付き、仲良くなって枠をもらい、成功したところでお役御免《やくごめん》。シェリルがいない間に、本を返してもらうからと部屋に入って自分のブローチを置き、シグルドたちに盗まれたと泣きついて捜させる。トリックとも言えない陳腐《ちんぷ》な仕掛けに、たまらずため息を漏《も》らす。

「本来ならマーガレットさんの話も聞くべきなのでしょうが、私がしたいのは事実確認だけで、犯人を突き止めることではありません」

「……うん。私ももう真実がどうとか、どうでもいい。誰にも信じてもらえなかった。これだけが私にとっての真実だから」

シェリルは真実を突き止めることより、シグルドたちと関わらないことを選んだ。怒りを飲み込み、沈黙を貫くのは、決して簡単なことではない。

「私は、シェリルがブローチを盗んだとは思いません」

「……パティ」

「シグルド様はもっと調べるべきでした。マーガレットさんに疑わしいところがあるのなら、そこを確認するべきだったんです」

力ある者の決定は、時として真実を捻《ね》じ曲《ま》げてしまうから。

「ですので、私も決めつけることはいたしません。ただ、可能性があるのにそれを無視することはできないというだけです」

「……うん。それでもいい。私の話を聞いてくれたの、パティが初めてだもん」

いっそ大ごとになればよかった。そうすれば教師たちが生徒に話を聞いたはずだから。

だが、それすらもマーガレットの計画だとしたら……。

「……ただ、今は友だちとして、私はあなたを信じますと伝えたいです」

「――あ、ありがとう。その言葉もらえただけでじゅーぶん。あー、すっきりしたかも」

そう言ってベッドへと倒れ込んだシェリルを見て、パトリシアは胸を痛めた。

自分もアレックスに信じてもらえなかった時はつらくてやり切れなかった。比べられるものではないが、察することはできる。

だからこそ、とパトリシアはシェリルに明るく声をかけた。

「シェリル。今度、ピクニックをしましょう！　クライヴ様やハイネ様も誘って」

「……………そうね。楽しいこといっぱいしたい。このもやもやを完全に忘れるぐらい！」

「はい！　楽しみです！」

第三章　真実を知る髪飾り

シェリルと話し合いをした日から約三日後のこと――。

パトリシアたちはクライヴの案内の下、騎士志望者らの訓練を見にきていた。

「なんで私たちまで？」

「教官がパティに格闘場を見てほしいんだって。だから、どうせならみんなでと思って」

「ご一緒できて、嬉しいです！」

「とはいえ、なぜフレンティア嬢を？」

パトリシアは、騎士の育成をしているラーシュ卿を幼少期から知っている。恰幅《かっぷく》のいい初老《しょろう》の男性は、その強さからかつて皇宮で騎士の指導を行っていた。そのため、何度も顔を合わせていたのだが、引退後にアカデミーで教鞭《きょうべん》を執《と》っていたことは知らなかった。

「あー……パティは目が肥《こ》えてるからね。騎士の」

「何かを遠回しに表現しているな」

クライヴがフォローしてくれるも小首を傾げるハイネとシェリルを横目に、パトリシアは期待と緊張で胸がいっぱいになった。久々の再会なのだから。

昔を思い出しながら向かうと、そこでは二十人を超える男たちが木刀《ぼくとう》片手に一対一で競い合っていた。

広々とした格闘場に土煙《つちけむり》が上がる様は、皇宮にある訓練場によく似ている。

「これはクライヴ殿下！　……パトリシア様もようこそお越しくださいました」

「ラーシュ卿。息災で本当に何よりです」

最後に会った時よりも白くなった髪に、皺の増えた目元。しかし、鍛え上げられた肉体と、右頬に残る刀傷《かたなきず》は変わりない。ラーシュと握手を交わしたパトリシアは、彼に案内されながら騎士たちの訓練を見学して回った。

「アルト卿──、彼を育てられたことは私の誇りです」

「ラーシュ卿のおかげで強くなれたと言っておりましたよ」

「それはそれは！　彼にそう言ってもらえるのは誇らしいですな」

ガハハッと力強く笑うラーシュのそばで、シェリルがクライヴに小声で尋ねた。

「アルト卿って誰？」

「皇室付きの騎士で、僕の部下でもある男だ」

「アルト卿の名前はアヴァロンでも有名なんですよ」

「へぇ……。私には縁のない話だから」

「ふふっ。帝国でも最強の騎士だと有名だぞ」

知らないことを指摘されるのが嫌いなシェリルが誇らしげに部下を語るクライヴに噛《か》みついていたが、何者かが格闘場に現れると動きが止まった。その視線の先には、以前カフェテリアで見たマーガレットの取り巻きであるクロウとロイドがいた。

「クライヴ殿下、ハイネ様、ご挨拶が遅れ、失礼いたしました。ラーシュ卿、遅れて申し訳ございません」

「いや、学園の仕事であろう。ご苦労だった」

「ありがとうございます！」

元気に答え、ぱぁっと顔を明るくしたのは、騎士志望のクロウ・ルージュだった。背丈も高く体躯もがっしりとしている。根本は黒く、毛先に向かって赤くなる短い髪に、黒い瞳。口元に覗く八重歯《やえば》は、人懐っこさを感じさせる。

「クライヴ殿下、ハイネ様。お久しぶりでございます。ラーシュ卿もいつもお疲れ様です」

落ち着いた面持ちで挨拶したのは、ロイド・マクベス。薄茶色の長い髪を緩く結んだ姿は、一見すると女性と見間違えるほど美しいが、眼鏡《めがね》の下の眼光《がんこう》はとても冷たかった。

「――シェリル・ロックス。まだ学園にいたのか？」

ロイドから向けられた失礼な態度に驚いて、パトリシアが大きく目を見開くとシェリルが応戦した。

「なんであんたにそんなこと言われなくちゃいけないわけ？」

「犯罪者が学園にいるなんてな」

事情を知らないクライヴとハイネは、黙ってロイドとシェリルのやりとりを見ている。

「女がこんなところに来るな。しょせん、最後は結婚して家庭に入るのだから、無駄なことはしないほうが賢明だ」

今の発言だけでロイドという人間が理解できた気がする。

「僕も君みたいな存在を見ているとてもムカついてくるよ。自分の立場をわかってないやつは、見てて虫唾《むしず》が走るんだ」

「その本性、マーガレット・エンバーにも見せてあげれば？」

「お前がマーガレットの名を口にするな、犯罪者」

すると、クロウも加勢してきた。

「お前はマーガレットのやさしさに感謝すべきだ。今も学園にいられるのは全て彼女のおかげなんだからな」

あまりの言われようにこれは聞き捨《ず》てならないと、パトリシアは言い放った。

「それは違うと思います」

彼らの言い分も聞こうと黙っていたが、二人から出てくるのは感情論ばかり。

これ以上、友人を馬鹿にされるのは我慢ならないと、シェリルと二人の間に割って入った。

「マーガレットさんが大ごとにしたくなかったのは、先生がたに調べられたくなかったからではございませんか？　第三者の意見を聞けば、彼女の言い分とは違うところが出てくるからです」

「……誰だ？」

「失礼いたしました。シェリルの友人のパトリシア・ヴァン・フレンティアと申します」

名前を告げると二人は態度を豹変《ひょうへん》させた。

ロイドは瞳をキラキラと輝かせ、クロウは怒りを滲ませる。対照的な二人の態度に困惑していると、ロイドが声を上げた。

「ふ、フレンティアということは公爵令嬢？　医療制度や奴隷解放法案の、あの……？」

「作ったのは別の方です。私は案を出したにすぎません」

するとと青ざめていた顔に赤みが差し、なぜだかふるふると震え始めた。そして拳をぐっと力強く握ったまま、急に距離を詰めてきた。

「ああ、やっとお会いできた！　ずっと憧れていたんです！」

「……どこかでお会いしたことがございましたか？」

「パーティー会場でお見かけすることはありましたが、僕は伯爵家の三男なので、あなた様とお話しする機会はありませんでした……」

先ほどと打って変わって肩を落としたかと思うと、すぐにまた拳を握り直した。

「だから、いつかお話しできたら、あなた様が行った政策についてお話を伺《うかが》いたいと思っていたんです！　だって、本当に本当に素晴らしくて、それに――」

早口で捲《まく》し立てるロイドを押しのけ、怒り心頭《しんとう》といった様子のクロウが前に出てきた。

彼は強くパトリシアを睨みつけると、唸《うな》るように声を上げた。

「お前が、アルト卿を捨てた女か」

パトリシアは一瞬意味がわからず固まった。

彼は今、なんと言ったのか？

そう、言わなかったか？

『アルト卿を捨てた女』

ゆっくりと体温が下がり、自分の瞼が落ちていくことに気付いたが、それを止めることはできなかった。彼は今、パトリシアの地雷を踏んだのだから。

「アルト卿は俺の憧れだった。俺もそうなりたいと頑張ってた。なのに、あんたは……」

アルトはアカデミーの普通学科と騎士専攻の両方を首席で卒業し、その一年後には最年少で皇室専属騎士の資格を得た伝説の騎士だ。

そんな彼が主人に望んだのは、皇太子の婚約者であったパトリシアだった。

だが、まだパトリシアは皇族ではなかったので専属になることは許されず、彼はその時まで皇室付きの騎士として過ごしていた。

結局パトリシアは皇太子妃にならず、彼が専属騎士になることもなかったため、捨てたと言われてもおかしくはないのかもしれない。


——けれど。


「あんたの自分勝手な行動がどれだけの人に迷惑をかけ、傷付けたのかわかってるのか?」

脳裏に浮かぶ彼の顔。あの海での彼の穏やかな表情を思い出す。

『私は私の夢より、パトリシア様の夢がかなうほうがずっと嬉しいのです』

彼は最後の最後まで誇り高い【私の騎士】だった。

クロウ・ルージュの言い分は理解できる。自分の選択がたくさんの人に迷惑をかけたこと。悲しみを与えたこと。全てわかっている。だから、別れ際に見せた切なげな笑顔、アルトのあの顔を、パトリシアは忘れてはいけないと肝《きも》に銘《めい》じている。

「な、なんと失礼なことを……! ルージュ、今すぐパトリシア様に謝罪を」

「無要です」

声を荒らげるラーシュをパトリシアは制止した。

「謝っていただく必要はございません」

「それは、自分が悪いと自覚しているからか?」

「ええ。とても」

パトリシアが傷付けたのはアルトだけではない。ほかにもたくさんの人を悲しませた。皇帝の涙は未だに夢を見る。クロウの言いたいこともわかる。

わかりはする、が。

「――あなたは騎士に向いていませんね」

「……なん、だと?」

クロウの額《ひたい》に青筋《あおすじ》が立つのが見えたが、パトリシアは構わず続けた。

「今のあなたには、騎士として必要な腕力はあれど、それ以外はふさわしくないように見えます」

「お前にそんなことを言われる筋合《すじあ》いはない!」

二人の間に深い亀裂が走った。互いに敵だとみなしたのなら、次にやることは一つだ。

「あなたが騎士になった時、気に食わない人がいたら、そうやって噛み付くのですか?」

「そんなことはしない! 俺はっ」

「ここは騎士たちが学ぶ場所。ここでの立ち居振る舞いがすでに騎士への道につながっているのですよ」

それに、自分の正義を振りかざすことは騎士のすべきことではない。

（……アルト卿ならしない）

自らの意思を押し殺してでも主人に尽くす。それがパトリシアの知る騎士だった。

「……あなたの憧れるアルト卿は最後の瞬間まで【私の誇り高い騎士】でした。その彼をあなたの物差しで測り、侮辱《ぶじょく》したことを私は忘れません」

「侮辱なんてしていない！」

「その意味がわからないのなら、騎士は諦めるべきでしょう」

パトリシアはそれだけ告げると、ラーシュに挨拶をして格闘場を去った。追ってきたハイネが教官に声が届かないか確認してから、クライヴに話しかけた。

「……お前のことだからあの男に殴りかかったりするかと思った」

「殴る価値もないよ」

ハイネの言葉にクライヴは子どもじみた表情でそう答えたが、瞳の奥はどこか寂しそうだ。シェリルが訊いた。

「…………パティ？」

「はい、なんでしょう？」

「その……大丈夫？」

まさか心配してくれるなんて。つらい思いをしたのは彼女のほうなのに。

「私のことよりも、もっと早く止めに入るべきだったのに遅くなり、申し訳ありません」

「そんなことないわ！　パティがきっぱりと言ってくれた時、すっごく嬉しかったもん。……それに、友だちって……」

「はい。シェリルは大切な……友だちです」

まだ【友だち】というフレーズがこそばゆく感じられたが、パトリシアが彼女の手を取るとシェリルも力強く握り返した。

「わ、私も、あの馬鹿に言ってやればよかった。私の友だちを傷付けんな、アホって」

「ふふ。ありがとうございます。とっても嬉しいです」

「素敵な友情だぁ」

手を取り合って友情を確かめ合う二人をハイネが茶化すと、シェリルが反撃する。

「はいはい、邪魔しないでよね」

「邪魔って……」

「じゃ、邪魔じゃないですよ！　クライヴ様もハイネ様も、大切なお友だちです」

慌てて、パトリシアがそう言うとクライヴはそっと肩を落とした。そして、そんなクライヴをハイネとシェリルが慰めたが、それはパトリシアの耳には届かなかった。

「がんばれ」

「……うるさいっ」

あの出来事から一週間、つつがなく学校生活は過ぎていった。

シグルドらと顔を合わせることもなく、勉学に励んでいたある日のこと。クライヴとハイネは、いつものように公務を。シェリルは家から手紙が届いたとかで早々に寮に戻ってしまい、パトリシアは一人図書室で思いにふけっていた。忙しそうなクライヴやハイネを見ていると、焦る気持ちも湧いてくる。皇太子の婚約者時代に進めていた法案を忘れたわけではなく、奴隷解放の件など父親に向けて何度か意見書を送ったが、やはり限界がある。

「私の夢は、全国民の自由と平等。そのためには……」

そっと己の左手に輝く指輪を見て、ため息をついたその時だ。

「あのぉ？　あなたがパトリシアさんですか？」

思わぬ人物に話しかけられ、パトリシアは一瞬返事を躊躇《ちゅうちょ》した。

そこにいたのはマーガレット・エンバーだった。言葉に詰まっていると、彼女は前のめりで質問してきた。

「三人になにを言ったんです⁉」

「…………はい？」

きりっとした眉をさらに吊り上げながら、彼女はパトリシアに人差し指を突き出した。

「シグルドもロイドもクロウも、私が話しかけているというのにうわの空！　あなたがなにか言ったんでしょ⁉」

「確か、お話しするのは初めてですよね？　お名前をお聞きしても？」

「……私を、知らないんですか？」

「初めてお会いする場合、まずはお互いに自己紹介をするべきでは？」

「…………マーガレット・エンバーです。でも普通、学園の生徒ならレッドクローバーのメンバーくらい知ってて当然ですよ？」

「そうですか。私の名前はパトリシア・ヴァン・フレンティアと申します」

　軽く会釈をしてから、再び質問してみた。

「それで、マーガレットさんは私になんの御用でしょうか？」

「──っ、だからっ。三人にどんな酷《ひど》いことを言ったんですか⁉」

「三人とは、シグルド様、クロウ様、ロイド様ですか？」

「そうです！」

　なかなか話が進まないことに痺《しび》れを切らしたのか、パトリシアの言葉に食い気味で返事をしてくる。どうやらマーガレットという女性は、あまり辛抱強《しんぼうづよ》くないらしい。

　それなら闘牛士のように舞いましょうと、パトリシアは笑顔の仮面を被った。

「私の口からはなにも。御三方にお聞きになるのがよろしいかと」

「だからっ、三人に聞いても答えてくれないんですぅ！」

「それは御三方がマーガレットさんに知られたくないからでは？」

「そうかもしれないけど……っ。でも、それじゃ慰められないじゃないですか……」

意外な言葉に驚く。マーガレットは誰かを慰めるタイプではないと思っていたからだ。

失礼な勘違いをしていたなと、心の中で謝罪した。

「私は御三方とお話ししました。が、御三方の許しもなく、その詳細をマーガレットさんにお伝えすることはできかねます」

特にロイドとクロウは彼女に恋心を抱いているらしいので、なおさら勝手に話すことはできない。好きな人にカッコつけたい気持ちはわからなくはない。

だからこそ拒否したのだが、彼女には違った意味で伝わってしまったようだ。

「――私より、あなたの方が三人と仲がいいって言いたいんですか？」

「……はい？」

「でも、絶対にそんなことないわ！　だって、三人は私に夢中なんだから！」

パトリシアは笑顔のまま固まった。

（なにを言っているのでしょう、このかたは……）

今の会話のどこにそんな要素があったのか？　だが、思い込みの激しいらしい彼女のなかでは、もう決定事項になったようだ。

「あの三人は私のことが好きなの！　あなたなんて眼中《がんちゅう》にないんだからね！」

力いっぱい言い放ったマーガレットは、ふんっと大きく鼻を鳴らして去っていった。

彼女の思考の一部分も読み解くことができなかったパトリシアは、その場に立ち尽くして心の中で叫んだ。

（ああ、なんって、めんどくさい人たち！）

衝撃的なマーガレットとの初対面から数日後、またも不思議な事件が起きた。

朝、いつものように七時の鐘《かね》の音で目を覚ましたパトリシアは、寝起きからご機嫌だった。なぜならば、今日は待ちに待ったピクニックの日だからだ。

昨日の朝、クライヴとハイネとシェリルに提案したところ、三人とも快く承諾《しょうだく》してくれたのだ。

パトリシアは昨夜のうちにキッチンを借りてお菓子を作り、サンドイッチの具材も準備完了。あとは挟むだけだと、満足げな表情で部屋を飛び出した。

クライヴ、ハイネ、シェリルとの待ち合わせのために一階に下りると、いつもは騒がしいエントランス付近がなぜか静まり返っていた。

「……なにごとでしょう？」

不思議に思っていると、すでに到着していたクライヴたちが複雑そうな……、いや、不機嫌そうな顔をして佇《たたず》んでいる。そんな三人の前に彼が立っていた。

「クロウ様？」

「──おはようございます。フレンティア嬢」

振り返ったクロウは、パトリシアを見て微笑むと軽く頭を下げた。会うのはあれ以来だったので、まさかこんなふうに笑顔を向けられるとは思わなかった。よく見ればシグルドとロイドもいて、一体なにがあったのかとクライヴたちのほうへ近付く。

「……おはようございます。どうかされたのですか？」

クライヴ、ハイネ、シェリルはなにやら険しい顔をしている。

特にクライヴの目つきは、彼が帝国最強の剣士であることを思い出させるほど鋭く、恐ろしいものだった。

困惑するパトリシアを見つけたクロウは、その場で跪《ひざまず》いた。

「フレンティア嬢。どうか私を、この学園でのあなたの騎士にしていただけませんか？」

「…………………はい？」

呆然とするパトリシアをよそに、彼は話を進める。

「私はアルト卿のように、主人に寄り添える騎士になりたい。そして、そのためには本物の騎士を知るフレンティア嬢にお仕えするしかないのです！」

「……えっと？」

「あなたに失礼な物言いをしたことは理解しています。あれから寝ずに考えて考えて、フレンティア嬢にもアルト卿にも失礼なことをしてしまったと気付きました。ですから……挽回のチャンスをいただきたいのです！」

クロウは跪いたままそっと右手を差し出した。パトリシアを見上げる眼差しは切実で、本気なことが伝わってくる。マーガレットが言っていた通り、彼はずっと悩んでいたのだろう。考えを改めることは難しい。素晴らしいことだと思う。

だがしかし、と心の中で言い淀《よど》むパトリシアの前に、今度はロイドがやってきた。

「ふ、フレンティア様！　僕は、本当にずっとあなたに憧れていて……、こ、これを！」

そう言って、表紙に【奴隷解放法案における提案】と書かれた紙の束を差し出した。

「……これは？」

「し、失礼ながら僕なりに考えをまとめさせていただきました！　フレンティア様のお役に立てればと……！」

奴隷解放法案について、第三者の意見が聞けるのはありがたいことだ。帝都から離れて一人で検討したとて、偏《かたよ》りが生まれてしまうから。貴重な意見には、是非とも目を通したいところだが、彼がシェリルに言った侮辱的な言葉はまた別の話だ。

彼の女性蔑視的《じょせいべっしてき》な考えかたは、この国に広く浸透《しんとう》してしまっている。それが当たり前だと思う人のほうが多いだろう。

しかし一つの考えかたを他人に押し付けることは、ただの自我の押しつけでしかない。

それになにより、彼はシェリルを傷付けた。そんな人の手を借りようとは……。

パトリシアが黙り込んでいると、今度はシグルドがやってきた。

「……フレンティア嬢。君さえよければ、レッドクローバーに入らないか？　ロイドやクロウから推薦をもらっている」

正直、パトリシアは考えるのも嫌になっていた。なぜ、そろいもそろって三人でやってきたのだろうか。全くもってわからない。

「だからレッドクローバーに入って、そばで我々を見守ってくれないだろうか？」

もう無理だ。気を失いそうなパトリシアをよそに三人はどんどんヒートアップしていく。

「ぜひレッドクローバーでその手腕を発揮してくれ！」

「必ずお守りします！　私が、絶対に！」

「ぜひ法案について、お話を！」

刹那、見覚えのある赤い髪が見えた気がした。

なんとなく気になって視線を向けると、悪い予感が的中した。

階段の上に、彼女がいた――。

大きな目をさらに大きく見開いたマーガレットは、ほんの数秒、パトリシアを射貫くように見つめたかと思うとすぐに階段を駆け上がっていった。

これには恋愛に疎いパトリシアでも、彼女の気持ちを察することができた。

（……非常にまずいのでは？）

呆然と二階を見やるパトリシアの前で、微塵《みじん》も気付いていない三人は相変わらず盛り上がっている。

パトリシアがレッドクローバー入りしたあとのことをあれこれ想像している三人を尻目に、そっと顔を伏せた。

三人に厳しく忠告をしたというのになぜこんなことに？　結局は巻き込まれる運命だったのかと諦めそうになる気持ちを必死に鼓舞《こぶ》する。

とにかく今は、一刻も早くクライヴたちと共にこの場を去りたい。

パトリシアはぎゅっと両手を強く握りしめると、爛々《らんらん》と瞳を輝かせるシグルド、クロウ、ロイドへと言い放った。

「――っ、お断りしますっ！」

「……なぜこのようなことになるのでしょうか」

「お疲れ様」

シェリルがパトリシアの肩をぽんぽんと叩くと、その隣に座るハイネが同情する。

「大変でしたねぇ……。本当に」

「で、なんだったのあいつら？」

その日の放課後、四人は約束通りピクニックに来ていた。木陰に広げたチェックのリネンの上にバスケットから取り出したサンドイッチやクッキーを並べていると、ハイネが自国で人気だという薔薇の紅茶を淹《い》れてくれる。

「あいつら熱上げすぎで、傍から見てて気持ち悪かったわよ」

心底嫌いと言いたげなシェリルの顔に苦笑いしつつ、パトリシアはそっと紅茶を飲んだ。アヴァロンの特産の一つである柑橘をふんだんに使った紅茶は、香り豊かでホッとできる。ふう、と一息つけば同じようにシェリルも表情を緩めた。

「おいしい紅茶」

「でしょ？　紅茶はローレランにも負けないくらい質がいいんですよ」

「そうなのね？　アヴァロンのこと、なにも知らないわ……」

「それじゃあ今度、みんなでアヴァロンに旅行でもきたら？　案内しますよ」

「王太子が引率するアヴァロンツアー、人気が出そう！」

楽しい空想だが、実際難しいことはわかっている。クライヴは帝国の皇子で、ハイネは王太子。やんごとなき身分のため、そう簡単に旅行などできないのだ。でも、少しくらい夢を見てもいいじゃないかとパトリシアが微笑んでいると、シェリルが話題を変えた。

「とりあえずパティはもう、あいつらと関わらないようにしたほうがいいわよ。……あの時のマーガレットの目、ちょっとやばかったもん」

シェリルは気付いていたようだ。あれだけ気の強いマーガレットが、なにも言わずに静かに佇んでいた。刺さるほどの鋭い視線を向けて。

「あいつら、別にパティのことを恋愛対象として見てるわけではないだろ？」

「マーガレットよりパティを優先することが問題なのよ。それに、それだけ強い感情があるなら、いつ恋愛に発展してもおかしくないわ」

「面倒な芽は、今のうちに根っこごと引っこ抜いて燃やしたほうが早いということか？」

「クライヴ、もう少し余裕持てって」

「とにかく、パティはマーガレットと一人で会わないように気を付けてね？」

「もちろんです」

もうこれ以上の面倒事はこりごりと言うと三人は頷き、やっとお菓子へと手を伸ばし始めた。

パトリシアが焼いたクッキーはどれも好評だった。

「そういえば、もうそろそろテストの時期ですね？」

「いやいや！　まだ一カ月以上先だから！」

ハイネはどうやら勉強が苦手らしいと察し、パトリシアは俯く彼にそっと声をかけた。

「一緒に勉強しませんか？　お力になれるかわかりませんが……」

「うぅ……っ。嬉しいけどそもそも勉強したくない……」

「おい甘えるな」

唇を強く嚙み締めるハイネは、渋々といった様子で小さく呟いた。

「……お勉強会お願いします」

泣きそうになりながらお願いしてくるハイネに、パトリシアは何度も頷く。

そんな二人を見ていたクライヴが、ふと思い出したように懐から手紙を差し出した。

「これパティに」

ちらりと見えたのはこの国の紋章の蠟印。ということは、差出人は皇族ということになるだろう。パトリシアは素早くそれを受け取ると、急ぎ鞄に仕舞《しま》った。

「あとで、部屋で見てね。きっとよろこぶから」

てっきり婚約破棄の件かと思っていたが、どうやら違うらしい。内容が気になるが、このような場所で開けるのは憚られるため、あとで丁寧に読ませていただくことにする。

「この紅茶、本当においしい。買えたりする？　あ、王室御用達なら高いか……」

「いや、普通にプレゼントするよ。フレンティア嬢もよろしければいかがですか？」

「よろしいんですか？　ぜひお願いしたいです！」

そんなやりとりをしていたら、あっという間にお開きの時間となった。

(お菓子が好評だったので、今度はカップケーキを作りましょう)

本を返すためにパトリシアは、図書室へと向かっていた。時間が遅くなってきたせいか、陽《ひ》が落ちてきて辺りが橙色《だいだいいろ》に照らされている。あと一時間もしたらすれ違う人の顔もわからないだろうなと、廊下の窓から外の景色を見ていた時だ。

前から生徒が一人やってきた。

「……こんばんは、マーガレットさん」

「こんばんは、パトリシアさん」

パトリシアの前に両腕を組んだマーガレットが立ち塞がり、先ほどのシェリルからの忠告を思い出す。二人きりで会わないようにと言われたばかりなのに……。

そんな思いを極力顔に出さないようにしていると、パトリシアに向かってマーガレットは微笑んだ。

「珍しいですねぇ。一人でいるなんて」

四人で行動することが多いとはいえ、四六時中べったりしているわけではない。どちらかといえば、四人とも個人行動が好きなほうだ。

だがそうとは知らないマーガレットは、ふんっと鼻を鳴らす。

「男の人と一緒にいなくていいの？」

「……どういう意味でしょうか？」

社交界で生きてきたパトリシアは、これが盛大な嫌味であることをすぐに理解した。

マーガレットの顔はみるみる険しくなる。

「なにも知らない純真無垢《じゅんしんむく》みたいな顔して……っ。騙すのがお得意なんですね」

「騙す？　一体なんのことでしょうか？」

のらりくらりと躱すほど、マーガレットの顔は苦虫を嚙み潰したようになっていく。これぐらいで表情を変えていては、社交界には出られないだろう。

「じゃあ、今朝のこと、どう言い訳するつもり？」

彼女の鼻息が徐々に荒くなっていく。

「彼らがなにを言ったのかもわからないのに、騙したと決めつけるのですか？」

マーガレットは、ますますヒートアップしていった。

「偉そうに上から言ってくんじゃないわよ！」

彼女の口調はどんどん荒々しくなっていく。

「なんでわからないかなぁ？　あの三人は私のものなの！」

「そうですか」

「そうですかじゃないわよ！　あんたわかってないでしょ⁉」

「マーガレットさんのものなのでしょう？　それでどうなされたんですか？」

「——ど、どうってっ！」

大きな声で威嚇《いかく》しても無意味であることがわかったのだろう。顔を真っ赤にしたマーガレットは、まるで地団駄《じだんだ》を踏むかのように力強く歩み寄ってきた。

「人の男、たぶらかしてんじゃないわよ！」

誰が想像できたろう。実際、彼らには嫌われようとしたのに、なぜか彼らには逆効果だったのだ。叱った相手に靡《なび》くなど……。

嫌われて避けられるはずだったパトリシアの予測の斜め上からやってきたのは、彼らだ。

こうしてパトリシアに否定され続けた結果、完全なる暖簾《のれん》に腕押し状態になったマーガレットはわなわなと震え出した。

「……ば、馬鹿にしてるの？」

「……。彼らがあのような行動に出た意味を、私も知りたいくらいです」

彼女は嫌がる子どものように首をぶんぶんと振った。

「うるさいうるさいうるさい！　あんた、絶対に許さないから！」

「いえ、ですから私は……」

「覚悟してなさい！　目にもの見せてやるんだから！」

パトリシアをビシッと力強く指差したマーガレットは、素早く踵を返して去っていった。

その後ろ姿を見つめつつ、今後を憂《うれ》いて大きく肩を落とした。

事が起きたのは、その三日後のことだった。

パトリシアは一人図書室で書き物をしていた。クライヴからもらった手紙に書かれていた内容を精査するためだ。

皇宮から届いたそれは、奴隷解放法案の進捗《しんちょく》を記したものだった。

パトリシアの案を基に数十名の奴隷を選んで土地と建物を与えたという。荒れたままでは惜しいとみなが思っていたその土地に、衣食住を約束して住まわせるらしい。

あの場所が栄えれば、必ず国にとってプラスになる。

まずは土地の調査と鉱山の状況を調べたい。どれほどの規模でどれほどの収益が見込めるのか。明確な数字が欲しいと考えをまとめつつ紙に書いていると、ふと周りが暗くなっていることに気付いた。東側にも大きな窓がある図書室は夕方になってもまだ明るいほうだが、文字を読むのは厳しくなってくる。

集中すると周りが見えなくなるのは悪い癖だなと自身に呆れていると、不意に声をかけられた。

「あの、えと……。暗くないですか？　もしよろしければ蠟燭を持ってきますけれど……」

声をかけてくれたのは、最近図書室の受付をしている一学年下らしき男子だ。彼はすっかり、顔馴染《かおなじ》みの存在になっている。パトリシアは少し驚きながら笑顔でお願いした。

「ありがとうございます。お願いします」

「は、はい！」

部屋を見渡すと、影が濃くなっていた。

これは蠟燭を持ってきてもらっても少ししかいられそうにない。もちろん部屋でも作業できるが、静かな図書室は落ち着きが違う。古いインクと紙の香りを胸いっぱいに吸い込むと、男の子が蠟燭を持ってきてくれた。

やはり灯りがあると手元が見やすい。お礼を伝えてまた書き始めると、男子生徒はなにも言うことなく立ち去った。

それからしばらくは、ペンを走らせる音だけが部屋に響いた。

「…………あ」

ゴーンと荘厳な鐘の音が辺りを包む。帰りの時刻を知らせるその音を合図に、パトリシアは机の上を片付け、受付に火を消した蠟燭を返した。

「ありがとうございました」

「……あ、っ、はい。……あの、今日は、本は借りないのですか？」

「まだ借りている本が部屋にありますので」

「……そ、そう、……ですか」

「それでは、さようなら」

図書室から寮への帰り道に教室があるので、最近は荷物を置きっぱなしにしている。パトリシアは教室に立ち寄ってから、三人と合流して食事に行くため、足早に部屋へと戻った。空を覆う濃いオレンジを侵食《しんしょく》するように濃紺が広がっている。肌寒さを感じつつもなんとか暗くなりきる前に自室に辿り着き、鞄を机に置いた。

——その時だ。

「……いま、なにか？」

鞄の底から、ゴトッという硬いものが当たる音がした。

本かと思ったが、どうも違和感がある。

鞄の中身を全て出してみると、可愛らしい桃色の花の髪飾りが出てきた。金色の縁にガラス細工で花びらを形作り、その中心に黄色の小さな宝石がついたものだ。

（——あっ）

吐息が口から漏れると同時に、全ての道筋が頭の中で整った。似たような話をパトリシアは知っている。

汚名《おめい》を着せられた友人のことを思い出し、さっと顔色が変わった。もしこれが彼女のものので、以前のシェリルのように罪を着せようとしているのなら……。

髪飾りを手に持ち、外に出ようとしたその時ドアがノックされた。

――コンコンコンッ。

くると思った。

この状況で彼女がまずやるべきことは、現場を押さえることだ。だからこそパトリシアが部屋に戻った、その瞬間を見逃すはずがない。

――コンコンコンッ。

予期せぬタイミングで決戦の狼煙《のろし》が上がった。パトリシアは大きく息を吸い、ゆっくりと吐き出した。ひとまず髪飾りを机の上に置いてドアへと向かい、己の拳を強く握りしめた。

(大丈夫)

これくらい乗り越えてみせる。

扉の前には困惑した表情のシグルド、ロイド、クロウが立っていた。

「こんばんは。……皆さま、なんの御用でしょうか?」

パトリシアがそう聞くと、三人の後ろに控えるマーガレットがニヤリと笑った。

彼女はよろこびを隠しきれない様子でクロウの腕に抱きつき、なんとか笑顔を隠そうとしている。

「……フレンティア嬢」

「なんでしょうか？」

言いづらそうに視線を下げたシグルドに、パトリシアは普段通りの返事をした。

自分は堂々としていればいいのだ。

すると慌てた様子のないパトリシアを見て、一瞬訝《いぶか》しむ表情を見せたマーガレットが声を上げた。

「私の大切な髪飾りが盗まれたんです！　……なにかご存じないですか？」

実際にマーガレットが髪飾りを着けているところを見た記憶はない。

もちろん毎日のように会っているわけではないので、している日もあるのかもしれない。

真偽が定かではない以上、向こうから情報を出させるのだ。

「花の形をした髪飾りです！　母が買ってくれた大切なもので……宝石の付いたとても高価なものなんです」

「……花の、ですか」

パトリシアがちらりと奥にある机を見やるとみんなの視線も移動し、そこに髪飾りがあることを全員が認識する。マーガレットはニヤリと口角を上げ、一瞬で悲しそうな表情に戻す。そしてパトリシアを押しのけて部屋に入り、真っ直ぐに髪飾りの元へと向かって手に取ると、それを見せつけるようにこちらへと持ってきた。

「――これ、私のです。どうしてここに……？」

素晴らしい演技力だ。思わず褒めてしまいそうになるほど、マーガレットの表情は悲《ひ》愴《そう》感《かん》に満ちていた。シェリルの時も同じような感じだったのだろう。

だが、パトリシアは、まるでたわいない話でもするかのように軽く口にした。

「知らぬ間に鞄に入っていたんです。マーガレットさんのものだったんですね」

「……パトリシアさんが盗ってないって言いたいんですか？」

「ええそうです。わかってくださって嬉しいです」

予想外にお礼を言われたマーガレットは、眉間に皺を寄せた。

「ならなぜここに？　ここはあなただけの部屋ですよね？」

「そうです。不思議ですよね？」

疑問に疑問で返すのは、本来失礼に当たるが、そんなことを気にしてはいられない。

パトリシアはマーガレットの手元にある髪飾りを手で指し、笑顔でこう言った。

「お返しします。無事持ち主にお返しできてよかったです」

「返すって……」

思惑《おもわく》が外れたマーガレットは怒り心頭の様子で自ら罪を立証しようとする。

「人のものを盗んでおいて、よくそんなことが言えますね」

「盗んでおりません。私には不要なものです」

「ならなんで、これがパトリシアさんの部屋にあったんですか？」

「誰かが私の鞄の中に勝手に入れたのでしょう」

「よくもそんな見え透いた嘘を！　そんなの、誰が信じるんですか!?」

「さあ、誰でしょう？」

部屋の前に立ち尽くして、口を閉ざしていたクロウとロイドはどうしたらいいのかわからないという顔をし、シグルドは苦虫を嚙み潰したような表情をしている。そもそもこうなった責任は彼ら三人にある。生徒の代表であるレッドクローバーとして解決すべき問題なのに。

消極的な三人の態度が少し腹立たしくなったパトリシアは彼らに水を向けた。

「御三方はどう思われますか？」

「…………ど、どう、と言われても」

「……僕はっ」

クロウとロイドは言葉を詰まらせたが、シグルドだけは違った。

「マーガレット。もうやめよう」

「――シグルド？　なにを言ってるの？」

シグルドはパトリシアの部屋の中に立ち尽くしたままのマーガレットに、部屋から出るように合図《あいず》を送った。

「……前回と同じだ。シェリル・ロックスの時と。……さすがに同じ手は二度通じない」

「――は？」

シグルドに掴まれた腕を強く振り払うと、マーガレットは瞬時に表情を変えた。

「なに言ってるのよ。……シェリルの時とは違うわ。パトリシアさんは学園で私のものを盗ったのよ？　先生に言わなきゃ……」

「彼女が盗った証拠はあるのか？」

「あるじゃない！　私の手の中に！　みんなが見たわ。彼女の部屋にあったのを！」

彼女は、また物的証拠しか用意していなかった。シェリルの時にうまくいったので味を占《し》めたのかもしれないが、詰めが甘すぎる。どうせやるなら完全犯罪にしなくてはならないのに。

「私がいつ盗ったとおっしゃるのですか？　授業中も休み時間も、クライヴ様、ハイネ様、シェリルのうち誰かと共におりました」

「……なら放課後は？　今日はなにをしていたの？」

「図書室にいました」

「誰と？」

「…………一人でですが」

マーガレットの瞳がきらりと光った。

「なら、その時に盗んだんですね。この髪飾りは最近ずっと鞄に入れて持っていたから、私のクラスに忍び込めば簡単に盗めますもの」

パトリシアは、ふむ、と腕を組んで首を傾げた。

「そもそも、どうしてマーガレットさんの鞄に髪飾りが入っていることを私が知っていたのでしょう？　それに、私がクラスに盗みに入ったという証拠はありますか？」

「だから、それはここに髪飾りがあることが証拠で……」

「パティは図書室から一切出てないわ」

マーガレットの声を遮るようにシェリルの声が響いた。驚いて目をやると、ハイネとクライヴも来ていた。シェリルは勝ち誇った笑みを浮かべて自信満々に言い放った。

「こっちには証人がいるのよ」

どこか見覚えのある人が、ひょっこりと姿を現す。

「今日、図書室の当番だった人よ」

「……あっ」

彼は、蠟燭をくれた生徒だった。三人に連れてこられて注目を浴びているせいか、顔を真っ赤にしてちらちらとパトリシアに視線を向けている。

「この人は図書室にずっといて、パティも出てないことを証明できる。そうでしょ？」

「は、はいっ！　フレンティア様は図書室から一度も出てないです！」

どうやらこの証言のためだけに連れてきてくれたようだ。

だがしかし、そんなことで諦めるマーガレットではない。

「なら図書室に行く前に……」

「生徒が多すぎて誰かに見られるだろうな。パティは放課後になってすぐに向かったから」

「な、なら……図書室から帰る時に」

「暗かったらしいですよ？　蠟燭がないと室内では本が読めないくらい。そんな状況であなたの机を見つけ、鞄の中から髪飾りを盗んだと？」

クライヴとハイネに次々と否定されるも、マーガレットはまだ抵抗を続けた。

「――そ、そんなのっ」

「いい加減にしろよ」

苛立《いらだ》ちが頂点に達《たっ》したクライヴが、声を荒らげた。

「そんな髪飾りをなんでパティが盗む？」

「そ、それは……っ。これが高級品だから」

宝石付きの精巧なガラス細工が施されたその髪飾りは、高値で売られていたことだろう。

しかし、パトリシアの持ち物は格が違う。

パトリシアに視線を送って許可をもらったクライヴは彼女の部屋に入り、鏡台の上の髪飾りを一つ持ってきた。

「これ。パティが普段使いしているものだよ」

真ん中に赤い薔薇が装飾されている金色の髪飾りは、形はマーガレットの髪飾りと似ているが、明らかに輝きが異なる。

「真ん中の薔薇はルビー。そのそばに散っている透明な石はダイヤモンド。台座に使われているのは十八金だ」

「…………」

「高価だが、パティが身に着けたら宮廷中に流行して、そのまま国中で似たデザインが流行ったんだよ。今きみが持っているのは、そのレプリカの髪飾りじゃないかな？」

まさかの展開に、みんながポカンと口を開けた。

やりこめられているマーガレットですら同じような顔をしているのだから、まさかの反撃だったようだ。

マーガレットは、悔しそうな表情を見せた。

だが、パトリシアは彼女を憐れむつもりはない。

「ところで、あなたは髪飾りがいつなくなったとお気づきでしたか？」

「……」

（時間が判明したら、私が無実だと反論しやすくなるから言えないわよね）

「そしてなぜ私が犯人だと？　学年も教室も違う別のフロアの私を？　まずは同じ教室の方を疑いませんか？」

「うるさい！　あんたが私に嫉妬してるからよ！　嫌がらせでしょ！」

「うーん。これだと平行線のままですね。では、学校の先生に正式に届けましょう」

「はぁ!?」

「そうそう、あなた『盗られた』のは二度目ですよね。同じ犯人があなたを標的にしているのかも！　物騒ですから、その件も一緒に検証しませんか？」

「うっ……それはその……ご、ごめんなさい……」

パトリシアに反論できなくなったマーガレットは、泣きながら声を振り絞ってそうつぶやくと、三人に支えられて帰って行った。


「ねぇパティ、あなた痛快すぎるよ！」

隣でシェリルがガッツポーズを決めている。

「よかった。これでシェリルの無実も証明できたと思います」

パトリシアは、震えながら握りしめていた拳の力をようやく緩めた。

シェリルは、パトリシアが力の限り頑張って振る舞っていたことに気づき、彼女の肩を抱き寄せて礼を言う。

「私の無実と無念を晴らしてくれて、本当にありがとう！」

「シェリル……本当に良かった！」

二人は抱き合って喜んだ。

「フレンティア嬢があんなに強気な攻めを見せるとは。最高の展開だったなぁ」

女性陣のやり取りを見守っていたハイネも、拍手しながら喜んでいる。

シェリルも笑いながら、ハイネに合わせて拍手をし始めた。

「そもそも公爵令嬢のパトリシアが、盗みなんかするわけないっての！」

ハイネとシェリルは冗談を言いながら廊下を歩き、やがて階段を降りていく。

そんな二人を後方から見つめながら、パトリシアがクライヴに呟いた。

「私、少しだけ、マーガレットさんの気持ちがわかる気がしました」

「どうして？」

「私も、一番欲しかったものは手に入らなかったから……いえ、もしかしたら最初からこの手の中にはなかったのかも」

（アレックス様の心を盗んで手に入れたミーアが、うらやましかった）

気がふれそうになるくらい嫉妬していたことを、パトリシアはようやく自覚した。

ふと、目が涙で滲んでくる。

それを横目で見たクライヴは、仮面の奥で苦悶の表情を浮かべた。

パトリシアは言葉を続ける。

「クライヴ様、この学園はいいところですね。ここで私も変われる気がします」

「……ハイネは面白いだろう？　シェリルもいい子だ」

「はい」

「……なんでも腹を割って話せるようになるよ。彼らとは、今以上に仲良くなれる！」

パトリシアを励ますように、クライヴは明るい口調を心がけた。

「いつか私の過去のこと……婚約破棄のこと……みんなに話せたら……」

(でも、話したところで、みんなは受け入れてくれるだろうか？)

心が不安と疑念で覆われていく。

「大丈夫だ。すぐ話せるようになる。ピクニックやディナーの時に、ふと話題になるかもしれない。シェリルが驚く顔が思い浮かぶな」

「そうですね、そうだといいな……。クライヴ様ともご一緒できるの、嬉しいですし」

一括りにされたクライヴは苦笑いで返すが、すっかり明るい気持ちになったパトリシアは歩調を早める。やがて前を歩く二人に追いついた。

「……ハイネ様は私がやっていないと、信じておられたのですか？」

「え？　もちろんです。フレンティア嬢がそんな馬鹿なことするわけないでしょうから」

実はパトリシアは、彼の立ち位置をなんと表したらよいのか、ずっとわからずにいた。

仲は良いが、それはクライヴとの絆《きずな》があってのこと。

では、パトリシアとハイネの間にはなにがあるのか。それが明確に理解できていなかったから、一歩踏み出せずにいた。

そのことを彼も察していたから、パトリシアを『フレンティア嬢』と呼んで距離をとっていたのだろう。

「……ハイネ様」

そんな彼が無条件に信じてくれたことが嬉しい。

ならば、その思いに応えたい。彼ともっとちゃんと友人になりたい。

「──どうぞ、パトリシアとお呼びください。もちろん敬語も抜きにして」

「…………え？」

ぽかんとした彼の顔を見てパトリシアが微笑むと、ハイネは数秒固まったのちにどうしたらいいのかわからないように己の頬を爪でかいた。

「……え、っと……っ、パトリシア、嬢？」

「はい」

呼ばれたから応えたのだが、彼はまたも固まってしまった。

はちみつ色の綺麗な瞳と見つめあった瞬間、この場に二人しかいないような感覚に陥った。

思えばいつも場をゆるくしてくれる彼には、何度も救われている。パトリシアは軽く頭を下げた。

「いつもありがとうございます。ハイネ様と出会えて、私は幸せ者ですね」

すると、赤くなった顔を隠すように手で口元を覆ったハイネが急に足を早めた。

「――俺、食堂の席、取っとく！　じゃ！」

走り去るように消えた彼を追おうとするが、それをシェリルが止めた。

「私も。二人のご飯とか先に注文しとくね。そろそろ食堂閉まっちゃうし。二人は……もっと話したほうがいいよ。じゃ、またあとで！」

シェリルまでいなくなってしまい、パトリシアとクライヴだけが残された。なにを話すのだろうか？

不思議に思いながらクライヴを見ると、彼は真剣な眼差しでパトリシアの正面に立った。

空気が変わった――。

先ほどまでのほんわかとした雰囲気は一瞬で消え去り、空気が重くのしかかってくるかのようだ。その原因は間違いなくクライヴである。

パトリシアはそっと彼の名前を呼んだ。

「……クライヴ、様？」

「パティはさ、いつもそうなんだ」

伸ばされた手はパトリシアの手首を摑み、距離を詰められる。

身動きが取れない状態でクライヴの顔が近付いてくると、やさしくも魅惑的な香りがふわりと鼻をくすぐった。

「さっきのやつも……ハイネも。なんで？」

「……？」

「希望さえなければ、望まなかったのに。……もう一度諦めるなんて不可能だよ」

顔が、近い。

すぐそばにある仮面の下の瞳は、ただ真っ直ぐにパトリシアを映している。

ああ、彼から見える自分はこんなふうに映っているのか、と現実逃避していると、手首を摑んでいた手がそっと離れやさしく頰を撫でた。

「――このまま進んでしまえば、【俺】は君の傷になれるのかな？」

己の唇のそばで彼の吐息を感じた。

あ、と思った次の瞬間、彼は仮面を外す。

「――、クライヴ様っ！」

慌てて彼の胸元を押すと、驚くほど簡単に離れていった。

先ほどまでの逃がさないと言わんばかりの力は、一瞬で消え失せた。

静まり返った階段の踊り場で、彼はゆっくりと口を開く。

「……わかってる。パティに選んでもらわなきゃ意味ないって。ごめん、怖がらせたね？」

「……いえ、あのっ」

パトリシアは震える瞳で彼を見た。

恐怖感ではなく、なんともいえない感情が胸の奥をくすぐる。

ふわふわとして、それでいてどこか気恥ずかしい。

おまけに顔の熱が全然引かない。

「でもどうしても、君に伝えたくってさ」

クライヴは先ほどのことなどなかったかのように、いつもと変わらぬ様子で笑う。

まるで毎日交わす挨拶のように、心地よい声色で告げた。


「――好きだよ、パティ。俺を選んで」

クライヴはそれだけ言うと、仮面を着けて静かに去っていった。

一体なにが起きたのだろうか。

パトリシアはぽかんとしたまま、先ほどのクライヴの表情を思い出した。どうしてこうなった？　なにがきっかけだったのか？　疑問符だらけだが、わかったことが一つだけあった。

「…………っ、あれ？」

熱くて熱くてたまらない。心臓がうるさい。頬が、顔全体が、耳が熱い。

後ずさって壁にぶつかるとそのままずるずると崩れ落ち、辛抱ならないと顔全体を手で覆い隠した。

どうしてこうなったのかは定かではないが、今二人は――。

「……私の馬鹿っ」

触れ合おうとした唇。それをパトリシアは一瞬受け入れかけた。嫌じゃなかったのだ。

「私の、馬鹿」

クライヴのことは、心のどこかで弟のように思っていた。実際アレックスと結婚していたら、彼は義理の弟になっていた。

一体いつからだったのだろうか？

その思いが形を変えたのは……。ミーアが現れた時？　クライヴが味方だと言ってくれた時？　婚約破棄をした時？

わからない。わからないけれど、パトリシアは変わった。

勉強も友情も、かけがえのないものになった。けれど、恋だけは……。

恋だけはできないと思っていたのに。そうではないことに気付かされた。

それはまだパトリシア本人ですら自覚がないほどに淡《あわ》く儚《はかな》いもの。だけど、そう遠くない未来に傷だらけの心に一つ灯《とも》るのかもしれない希望。

そんな思いとは裏腹に体中から恥ずかしさが込み上げ、パトリシアは膝を抱えた。

「ばかぁ……っ！」

正直、食堂に行くのは憚られたが、行かないのもそれはそれで気まずいだろうと、油の切れた機械のごとく不自然な動きで食堂に向かうと、出迎えてくれたクライヴはいたって普通の様子だった。ハイネもシェリルもいつも通りで、パトリシアは拍子抜けしてしまったほどだ。

結局いつも通り一緒に食事をとって自室に戻り、夜が明けるとまた一緒に学園に向かう。

想像していたよりも変わらぬ日々が流れていった。

——ただ一つを除いて。

「……それで、婚約破棄したの？」

学園内の端《はし》っこにある、ひとけのない場所を見つけたのはハイネだった。

大きな木の下ならば日差しを除けられる最高のスポットだ。ハイネは母国からの手紙を取りに行ったため、パトリシア、クライヴ、シェリルの三人で先にピクニックを堪能していた。

そこで始まったのが、パトリシアの過去の話だ。皇太子の婚約者であったこと、その婚約を破棄してこの学園にやってきたこと。全てをシェリルに告げると、彼女はそっと己の目元を手で覆った。

「……この国の皇太子、大丈夫なの？　主に頭」

「俺に言われても……。まあ大丈夫とは言い難い、けど」

「この国も終了か……」

一応いいところもあるのだと伝えると、なぜかシェリルは盛大に眉を寄せた。

「パティは一番の被害者なの。被害者が加害者を庇うことなんてしないで」

シェリルは力強く拳を握りしめると、ぶるぶる震える手をぶんっと勢いよく突き出した。

「私なら顔面に一撃くれてやるわ。こうよ、こう。わかる？　パティ」

「こ、こうでしょうか？」

「そうそう、うまい！　脇を締めてね、こうよ！」

見様見真似《みようみまね》でやってみると、シェリルからお褒めの言葉をいただけた。

それが嬉しくて何度も前に突き出していると、そんな二人を見たクライヴが微笑みながら少しだけ身を引く。

「実際兄上は殴られるだけのことはしたわけだからね……。俺が許可するから、全部まとめて一網打尽《いちもうだじん》にしちゃいなよ」

その言葉にパトリシアはそっと腕を下ろした。調子に乗りすぎてしまったなと反省しつつ、あることを確信したのだ。

（……やっぱり）

クライヴがパトリシアの前では猫を被っていることに、以前から気付いてはいた。特にこの学園に来てからは、ハイネがいることもあり、たびたび彼本来の姿を目にしてきた。

パトリシアに話しかける時だけは、己のことを【僕】と言っていたが、今はパトリシアに話しかける時でも自分を【俺】と言っている。

おそらく心境の変化があったのだろう。そのタイミングは、間違いなく先日のあの事件だ。

パトリシアはその時のことを思い出し、さっと顔に熱が広がっていくのを感じた。意識しているのが自分だけだと思うと、恥ずかしさが何倍にもなる。

急ぎ平常心を取り戻すために深呼吸を繰り返していると、ざくざくと急ぐ足音が聞こえてきた。何事だろうと音のするほうを見てみると、ハイネが一枚の手紙片手に勢いよくクライヴに抱きついてきた。

「クライヴー！　助けてくれ！」

「な――!?　急になんだ暑苦しい！」

「俺がなにしたっていうんだ！　面倒ごとばっかり起きやがってー！」

叫び声の応酬《おうしゅう》である。

人が来ない場所とはいえ、この声量では揉《も》め事かと人が集まってしまうかもしれない。

慌てて止めに入ろうとするパトリシアの隣で、シェリルは黙って耳を塞《ふさ》いでいた。

「ハイネ様、落ち着いてください。なにがあったというんですか？」

「……さっきアヴァロンから手紙が届いて、俺の婚約が破棄されたって」

「………………はぁ!?」

三人が三人、同じ反応をして固まった。

その中でも比較的早く回復したクライヴが、自分にくっついたままのハイネを引き剝がすと、彼の肩を摑んで顔を覗き込んだ。

「お前への確認もなく、そんなことしていいはずがないだろ！　今すぐアヴァロンに帰って異議《いぎ》申し立てしてこいっ！」

「いや、婚約破棄するならするで俺はいい、とは伝えてたんだよ。事後報告でいいって」

「…………じゃあなにをそんな騒いでいるんだ？」

とクライヴが不思議がっていると、シェリルが慌てた様子で尋ねた。

「え、てか待って！　婚約破棄ってそんなに軽いものなの？」

こんなに身近なところで二人目となれば、そう思うかもしれない。

「いえ、軽くはないです。私が言うのもどうかと思いますが、王族や皇族の場合は政略や家同士の問題になりますので……」

「逆に家同士が納得してたら、ありえないことじゃないのね？　……貴族って大変そう」

ハイネの婚約者といえば、パトリシアに予言をしてきたあの聖女だ。

教皇の娘である彼女と、アヴァロンの王太子であるハイネの婚約が政治的にどれほど重要かは、言わずもがなだ。それをいまさら破棄するなんて……。

教皇が野心家だと聞いているからこそ、その行動の全てに疑いの目を向けてしまう。当のハイネは、へにゃへにゃになっていた。

「手紙に書いてあったんだ。……来るんだって」

「……誰が来るっていうんだ？」

「セシリー！　この学園に！　転入してくるんだって！」

悲痛《ひつう》な叫びを聞いた三人は、またもそろって似たような顔を見せた。

セシリーとは、確か聖女の名前だったはずだ。

ハイネから教皇に狙われているかもしれないと聞いていたので、可能な限り関わり合いを持たないようにしようとパトリシアは思っていた。

彼女が学園に来るのなら話は変わってくる。

「……普通、婚約破棄した相手と同じ学園に通う？」

「わ、私は無理です……っ」

シェリルからの問いに答えたパトリシアは、もし己の身に同じことが起こったらと想像してぞっとした。今、アレックスがこの学園に通うなんてことが起きたら……。

「通うだけなら放っておけばいいけど、よりにもよって俺に世話を頼む？　俺の姉には人の心がないのか！　ないな！」

「凄《すさ》まじく情緒不安定だね」

叫びながら自己完結するハイネを、シェリルが冷静に分析する。どうやら聖女を避けるという、最後の防衛手段も絶たれたらしい。しかもその原因はハイネの姉、ヘラからの命令らしく、身内に裏切られた彼は木陰で膝を抱えながら、小さく恨《うら》み言《ごと》を呟いている。

それにしても手紙だけで弟を掌握《しょうあく》するとは。姉弟の関係性が完全に見えたような気がした。落ち込んで消滅寸前のハイネを尻目に、クライヴがそっとパトリシアへと近付く。

「大丈夫だと思うけど、相手は教皇の娘だから一応気を付けてね？」

やはりクライヴもそこが気になったらしい。素直に頷くと、彼はにこりと微笑んだ。

「俺が守るから安心していいよ」

「……あ、りが、とうございます」

いつも通りにお礼を言いたいが、彼からのそういった言葉が恥ずかしく思えてしまう。

そんなパトリシアを見守っていたクライヴの腹部に、またしてもハイネが抱きついてきた。

「やっぱり助けてクライヴ！」

二人を見ながらパトリシアは思う。不安はある。教皇側の動きが予測できない分、こちらは後手に回るしかないからだ。しかし同時にどこか安心感もある。彼らが共にいてくれるのなら、なんとかなる気がしている。

（きっと、大丈夫）

それから一週間後、件《くだん》の聖女が転入してきた――。

不安があったのかもしれない。

あれからどことなく眠りの浅かったパトリシアは、珍しく授業の前に軽い眠りに落ちていた。夢の中は真っ暗で、どこに進んでいいかわからないまま、ただがむしゃらに前へと進む。すると真っ暗な中に、突如光る道が現れた。だが、そこは崖《がけ》に面した細い道らしく、進めばボロボロと崩れてしまいそうなほど脆い。

それでも夢の中のパトリシアはその道を進んでいった。まるでそれが正しいと知っているかのように。しばらく進むと道の真ん中に一本の赤い薔薇が落ちていた。

どうしてこんなところに？　と不思議に思っていると、突如、道の先が二手に分かれた。一つは豪華な吊り橋だ。ロープも新品で足元の板も分厚く頑丈《がんじょう》。その先には光が溢れ、こちらへ進めば明るい場所に出られるのだとわかる。

もう一方はボロボロの吊り橋でロープはほつれ、足元の板は腐っている。吊り橋の先も真っ暗で、光は見当たらない。

どちらを渡ればいいのかはわかりきったことなのに、なぜかパトリシアの足は動かない。どうしてだろうと呆然としていると、突然薔薇の花が天から降ってきた。かと思うと、地面に落ちる直前に背後から吹く風に乗り、ボロボロの吊り橋の方へと流れていく。

「……こっち」

それを見たパトリシアはそちらへと足を進めた。迷うことも、怯《ひる》むこともなく。

ぎちぎちと嫌な音を立てて揺れ動く吊り橋を一歩一歩しっかりと進む。ひたすら前だけを見る。恐怖心は微塵もなかった。

やがてゴール地点が見えてくる。そこにはまたしても一輪の薔薇が置いてあり、パトリシアがそれを拾うと、突如まるで足元に波紋が広がったかのように輝く草花が現れる。

あたりは一瞬で美しく咲き誇る緑豊かな大地になり、空には青空が広がった。

「……やっぱり」

選んだこの道が、パトリシアにとっての幸せへの道だった。それがわかっただけでもよかったと、手元にある薔薇に口づけ、それをそっと目の前の人に差し出した。

「ありがとうございます。あなたのおかげです」

目の前の人は笑う。そして、差し出された薔薇を受け取り、彼も言った。

「こちらこそありがとう」


「パティ、大丈夫？　寝てたみたいだけど」

「…………シェリル？」

「おはよう。あなたが寝ちゃうなんて珍しいわね。寝不足？」

肝心《かんじん》の夢の内容が全く思い出せない。なにかいい夢を見ていた気がするのだが……。

「もうそろそろ先生くるよ」

「起こしてくださってありがとう」

自分が教室で居眠りしてしまったことに驚きつつ、顔に跡《あと》がついていないか確認していると、シェリルの言う通り鐘が鳴った。

「静かに。本日よりこの学年に留学生が加わります。自己紹介をお願いします」

彼女が教室に入ってきた瞬間、一気にざわめきが起こった。淡く光り輝くエメラルドグリーンの長い髪に、翡翠のような緑色の瞳。あまりの美しさにクラス中の視線が集まった。

「……あれか」

ぼそりと隣でシェリルが呟く。パトリシアはなにも言わず、ただ小さく頷いた。

みんなの視線を気にする様子もなく、彼女は朗らかに微笑んだ。

「はじめまして。アヴァロン王国から参りました、セシリー・フローレンと申します。仲良くしていただけると嬉しいですわ」

セシリーが一歩前に出た。

「それと、もう一言だけよろしいかしら？」

セシリーは、小さくコホンと咳払いする。

それまで興味なさそうにしていたクライヴやハイネも彼女に注目すると、パトリシアはあることに気付いた。

彼女の頰がほんのりと赤く染まっているのだ。

口元はよろこびに満ち、握り締める両手は少しだけ震えている。

パトリシアは一心《いっしん》に見つめるセシリーの視線を追って、ハッとする。

「…………っ」

嫌な予感がする。

パトリシアの心臓がどくどくと大きく高鳴り出したその時、セシリーが声高らかに告げた。

「クライヴ・エル・ローレラン様。わたくしと、――結婚してくださいませ！」

第四章　アヴァロンの聖女襲来

「ねぇ。さすがに修羅場《しゅらば》すぎない？」

　シェリルの言葉に返事ができる人は、残念ながら今ここにはいなかった。

　ハイネが見つけたひとけのない大きな木の下で、四人はいつも通りピクニックをしていた。

「……最悪だ」

　アヴァロン王国、教皇の娘にして、ハイネの元婚約者、セシリー・フローレン。

　アヴァロンの聖女と呼ばれる彼女が、なぜハイネがいる他国のアカデミーに通おうとしたのか。その理由は、今朝の大胆な告白で明かされた。

『クライヴ・エル・ローレラン様。わたくしと、――結婚してくださいませ！』

　つまり彼女はクライヴに会うために、わざわざ学園までやってきたということだ。

　美しく繊細な見た目とは裏腹に、なかなかの行動力の持ち主らしい。

　だが、よりによって元婚約者のハイネの目の前で告白してしまうとは……。

　ちなみにセシリーは告白後、大きなため息をついた教師にすぐ席に座るよう促され、何事もなかったかのように事態は流された。

「……言っておくが、俺は彼女と一切関わりはないぞ」

「だろうなぁ。クライヴがアヴァロンに来た時は、俺がずっと一緒だったし」

パトリシアはひとまず落ち着こうと、ハイネが持ってきていた紅茶で喉を潤すが、二人は手をつけられないくらい動揺しているようだ。

クライヴの顔を覗くと、青ざめた彼の横顔は疲労感に満ちていた。

「本当に本当に関係ない……。二人で話したこともないからな！」

「大丈夫大丈夫。クライヴのこと、疑うとかないから」

「でしょうね」

どうして「でしょうね」と言えるのか、根拠がさっぱりわからなかったが、シェリルは確信に満ちた顔をしている。

パトリシアが不思議そうに見ていると、彼女は静かに首を振った。

「じゃあ三人で会ってる時にでも惚れたんじゃない？　そんな様子なかったの？」

「んー…………………あ」

「あるんかい！」

シェリルはツッコみながら、呆れたと肩をすくめた。

「あんたねぇ……。フラれた理由もありそうだなと思ってるんだけど、そこんとこどうなの？」

「フラれたわけじゃないので、その言い方やめて。……俺、そんなに彼女に無関心だったかなぁ？」

パトリシアは二人だけの時のことはわからないが、話を聞いている限りでは少し無関心だったように感じる、と告げた。

「んー。……だって、俺たちの間にそういう感情はなかったですし」

「……そういうもんなの？」

シェリルの疑問にクライヴが答えた。

「政略結婚は、感情を伴《ともな》わないことが多いんだ。小さいころに決められるし。だから国王は側室をとるし、皇后や王妃も愛人をつくったりする」

「あー……私にはわからない世界だ」

恋愛結婚が多い庶民には、理解し難いことかもしれない。しかし、国の存続が関わるほどの政略結婚になると、当人同士の感情は二の次なことが多い。

「でも、今思うとやたらクライヴのこと聞いてきたんだよなぁ。俺は友だちの話ができるのが嬉しくってぺらぺら喋ってたから、あんまり気にしてなかったんだけど」

「ハイネのそういうところは可愛いなって思うわよ」

クライヴのことを聞かれて、嬉しそうに話しているハイネの姿は容易に想像できた。きっと彼はよい関係が築けていると思っていたのだろうが……。

当事者のクライヴもずっと頭を抱えている。

「友人の元婚約者だぞ？　気まずすぎるだろ」

「兄の元婚約者はいいの？」

「それはそれ、これはこれ」

なにか聞こえた気がするけれど、あまり突っ込まない方がよさそうだとパトリシアは気付かないふりをした。

そんなパトリシアを尻目にシェリルが、クライヴに直球を投げた。

「んで？　断るの？」

「当たり前だろ。……でも、会わずに済む方法があれば……」

「ちなみに俺も会いたくないです」

「じゃあ断ることもできないじゃない？」

パトリシアは落ち込む二人を見つつ、セシリーのことを思い出した。

綺麗で魅力的な人だった。あんな人に想いを寄せられて、嬉しくないなんてことあるのだろうかとクライヴを見つめる。

「ちなみにこの求婚を断ることで、アヴァロンとの関係が悪化したりしないよな……？」

「教皇がなにを考えてるかわからないけど、さすがに国がらみでどうこうはならないと思うが……。てか、俺がさせない」

「………ならよかった」

どうやら、うやむやにはせず、きちんと断るつもりらしい。彼は深くため息をつくと、珍しくいじけて小さく寝転んだ。

「めんどくさい……」

「面倒、なんですか？」

ぽつりと呟かれた言葉に思わずパトリシアが反応すると、クライヴと目が合った。

「好意を向けられるのは光栄なことだけど、その気持ちに応えられるわけじゃないから、やっぱり面倒だと思うよ。相手も傷付けるし……」

ここまでしっかり断ると口にしてくれると、なんとなく安心できた。パトリシアはそっと己の胸元を押さえる。

本当に少しずつだが、前に進んでいるのだ。

自分も夢も恋も――。

「頃合いを見て断るよ」

「それでいいと思う。俺は会いたくないけど」

「弱っちいやつだな」

「同じ立場なら絶対こうなるからね！」

ハイネからしてみれば、己の元婚約者が親友に求婚したなんて想像したくもない出来事だろう。シェリルも心中お察しします、というような顔をして無言で頷いている。

なるべく早く答えを出してあげたほうがいい気もしたが、そもそもセシリー自身が今は寮のほうの片付けで手いっぱいらしい。

とりあえずは様子を見ようと寮に戻り、みんなと別れた。

ここ最近いろいろありすぎたなと思い、無意識にため息を吐いて鍵を開けたその瞬間、不意に彼女が現れた。

「あら……？　お隣でしたのね？　改めまして、セシリー・フローレンと申します。パトリシア様ではありませんこと？」

「……え、ええ。パトリシア・ヴァン・フレンティアと申します」

まさかこんなところで件の人物と会うことになろうとは。

女子寮に二つしかない一人部屋の一つを、どうやらセシリーが使うことになったらしい。

まさかの縁に悩んでいると、セシリーは不思議そうに聞いてきた。

「もしかして、なにかご迷惑だったでしょうか？」

「え!?　い、いえ……その………」

煮えきらない様子のパトリシアの態度に、セシリーは下唇に人差し指を当てて考える素《そ》振《ぶ》りを見せた。

「……あ！　もしかして予言のせいでしょうか？」

セシリーはその時のことを思い出したのか、軽く頭を下げた。

「その節《せつ》は失礼いたしました。たとえ父の命《めい》とはいえ、お祝いの席であのようなことを言うだなんて……」

やはり教皇の命令だったらしい。つまりあの予言はパトリシアを失脚させるための虚言だった、ということになる。

どうやらクライヴとハイネが危惧していたローレランへの進出は、現実のものになるかもしれない。

早めに二人に話をしなくては——。

「けれど驚きました。あのあとの婚約破棄！　わたくし、あのパトリシア様の姿を見て、勇気をもらいましたの！」

意味がわからず眉を顰めるパトリシアとは対照的に、セシリーは嬉しそうに微笑む。

「わたくしとハイネさんは親同士が決めた婚約者でしたが、お互いに恋愛感情はありませんでした。それでも国のためと思っていたのですけれど、クライヴ様とお会いしてわたくしの世界は変わりましたの」

嫌な予感に顔が曇るパトリシアとは逆に、セシリーの瞳は爛々と輝く。

「彼と初めてお会いした時、一目惚《ひとめぼ》れしてしまったのです。ああ、このかたがわたくしの運命の人なのだと。しかし、その時にはもうわたくしとハイネさんとの婚約がなされており、諦めるしかないのだと思っておりました……」

儚げに目を伏せたセシリーは、しかしすぐに顔を上げた。

「結婚するなら本当に好きなかたとしたい。だからクライヴ様にこの想いを伝えるために、ここまでやって参りましたの！」

この騒動の原因が自分だと知り、パトリシアは小さく口を開けて呆然と立ちすくんだ。

「まさかそんな……、私のせいで」

「いいえ！　パトリシア様のおかげです！　この場を借りてお礼申し上げますわ」

パトリシアの行動に触発《しょくはつ》されて一人の女性が勇気を持った。けれど、そのせいでハイネと婚約破棄をし、クライヴに想いを寄せて学園にまでやってくるなんて……勝手すぎないだろうか。

「……あの、そんなわけでわたくし、パトリシア様には憧れておりまして……そのっ」

セシリーは頬を赤らめると、急にもじもじと体を揺らした。

そのかわいらしい姿に、もし自分が異性だったらきっと庇護欲《ひごよく》を掻き立てられていたことだろうとパトリシアが思っていると、意を決したセシリーが力強く歩み寄った。

「よろしければ、パトリシア様とお友だちになりたいです！　お願いできませんこと？」

驚いたパトリシアの脳裏に、一瞬、本当に一瞬、クライヴの顔が浮かんだ。

クライヴを好きで学園までやってきた人と、友人になる……？

初めはただの友人だ。しかし、パトリシアの中にある小さなこの想いが大きくなった時、セシリーとは衝突《しょうとつ》し合う運命かもしれない。

彼女からの提案にすぐに返事ができずにいると、セシリーは悲しげに眉を寄せた。

「……ダメ、でしょうか？」

「っ、違います！　あの、実は私はハイネ様と仲良くさせていただいておりまして……」

パトリシアは慌てて取り繕った。

「まあ、そうなのですか？　ですが、そういうことならご安心くださいませ。ハイネさんとはお互いにそういった感情もありませんので、気まずい気持ちはありませんわ」

いや、ハイネは気まずいと思っているのだが、この女性には人を気遣う気持ちがないのだろうか？　嬉しそうににこにこと笑っているセシリーの姿に、これ以上なにかを言うのは野暮《やぼ》だろうと諦めた。

奴隷解放法案についての手紙を受け取ったパトリシアは、四ヵ月ぶりに皇宮を訪れていた。ここは皇宮にある客間の一つ。壁際の本棚に執務用の机と椅子が一セット。あとはソファとテーブルが置かれているだけの、わりと簡素な作りの部屋だ。そこに案内されたパトリシアは、山積みになっている書類を一つ一つ確認していた。

パトリシアの任務は、奴隷解放法案のたたき台を完成させること。法案作成に携わることを許してくれた皇帝のためにも、頑張らねばならないのに……。

ついセシリーとのやりとりを思い出してしまい、軽くため息をついた。

「疲れたのなら少し休むか？」

「――失礼いたしました、皇帝陛下」

隣のソファで書類を確認していた皇帝は、やさしく微笑みつつ侍女にお茶菓子を用意するよう命じる。すぐに紅茶と菓子が用意され、テーブルの上に綺麗に並べられた。

「申し訳ございません。このような機会をいただきましたのに身が入らず……」

「疲れたのだろう。それに実は私がそなたと話したいだけなのだ。この老人の戯《たわむ》れに付き合っておくれ」

「……もったいないお言葉にございます」

ああ、とパトリシアは泣きそうになる目元に力を入れる。時折見せてくれるこのやさしい表情が、パトリシアは幼いころから大好きだった。

「もちろんそなたの意思を尊重するが、本当に向かうのか？」

「……はい」

皇帝から聞かれたのは、奴隷に与えた村のことだ。数カ月前に家が完成し、選ばれた奴隷たちはそこへ送られたという。ならば、次に必要なのは現地調査だ。

現場の声を聞き、ありのままをこの目で見るというのはとても貴重な体験である。今ならなんのしがらみもないからこそ向かおうと思っているのだが、皇帝は浮かない顔をした。

「彼の地への道中も決して安全とは言えんだろう。そんなところにそなたを向かわせるのは心配だ」

「陛下、ありがとうございます。ですが……」

行かなくては。私自身が、この目でちゃんと見定めなくてはならない。それがこの法案を進めた者としての責任だ。

「わかっている。そなたが意外と頑固だということはな」

「申し訳ございません」

ふう、と息をついた皇帝は、少し疲れた様子だった。案じていると、皇帝がまるで悪事《いたずら》を思いついた子どものように笑った。

「そなたのわがままを聞くのだから、そなたも私のわがままを聞くべきだと思うが、どうだ？」

「わがまま、ですか？」

皇帝からの命令は絶対だ。皇帝はなにを望んでいるのだろうか？　もちろんと頷くと皇帝は立ち上がった。

「ならば護衛をつける。アルト卿と……そうだな。あとはクライヴも」

「はい……はい⁉」

今、クライヴの名前が出なかっただろうか？

皇帝と目を合わせると、彼は満足したように深く頷いた。

「そうかそうか。同じアカデミーに通うと聞いてどうなることかと思ったが、仲良くやっているようだな」

それはどういう意味だろうか。

見透かされているようで気まずくてそっと俯いてしまう。

そんなパトリシアをにこやかに見守っていた皇帝は、ふとあることを口にした。

「アカデミーで思い出したが、教皇の娘が来たそうだな。あの予言のこと、一応教皇に抗議の文は送ったが……」

教皇側と帝国側、その力関係はとても複雑だ。帝国も強大だが、教皇は国境を越えて多くの民の心を掌握している。いざ争いになれば数の多さに苦戦を強いられることはわかっているため、下手な動きはできない。

「ありがとうございます、皇帝陛下。私なら大丈夫です。セシリー様とも知り合いになりましたので」

「――そうか、ならよかった」

教皇の娘がクライヴに求婚しにきたと知ったら、皇帝はどんな反応をするのだろうか。

だが、ここ最近元気のない皇帝にこれ以上負担をかけたくない。

余計なことは言わないでいいだろうと、客間から去る皇帝を黙って見送った。

「……頑張りましょう」

ひとまずは目の前のことに集中しようと、書類を整えた。目的別に分け、一番上に内容をまとめたものを記載しておく。あらかた片付いたところで、必要な書類を持って部屋を出ようとしたその時だ。

「――パトリシア！」

「……アレックス様」

猛烈《もうれつ》な勢いでアレックスが駆け込んできた。つい数カ月前までは眩しいくらい輝いていた髪はカサつき、頬は痩《や》せこけ、目元にはくっきりとした濃い隈《くま》ができて落ちくぼんでいる。明らかにただ事ではない。

「パトリシア！　私は……っ」

「アレックス様、どうぞ落ち着いてください」

パトリシアは急ぎ扉のほうへと向かうと、護衛の騎士がいることを確認した。

アレックスの様子が尋常ではなく、また二人きりになることでいらぬ噂を立たせないためだ。扉を開けたまま、パトリシアは彼と対峙する。

「なんのご用ですか？」

「……パトリシア。…………、その」

彼は青白い顔を伏せて、言い淀んだ。あれだけのことをしておいて、今更なんだというのか？　しばらく彼をじっと見つめていると、意を決したように口を開いた。

「……やり直すことは、できないだろうか？」

「…………は？」

思わず、言葉にもならない声が漏れた。

「離れてみて、初めて気が付いたんだ。君がどれほど大切な存在だったのか」

彼の言葉が信じられず立ち尽くすパトリシアを前に、彼は続けた。

「私はパトリシアに甘えていた。一生かけて償《つぐな》う。だから……戻ってきてくれないか？」

息苦しさを感じた。

泣きたいような、苦しくて悔しいような、わけのわからない感情が胸の中で膨れ上がる。

差し伸べられた手を震える瞳《め》で見つめた。

（……この方は、本当にわかってくださらないのね）

どれだけのことをしたのか、なに一つ理解していないのだ。パトリシアのアレックスや国への想いと努力をこれっぽっちも理解せずに裏切り、多くの人の前で恥をかかせ、どれほどの仕打ちをしたのかを。

ゆっくりと息を吸い込み大きく吐くと、パトリシアはアレックスを強い眼差しで見つめて聞いた。

「ミーアさんはどうなさるおつもりですか？」

皇宮に来る前に寄った公爵家で、現在の皇室の状況は父からすでに聞いていた。アレックスはミーアを避け、次の婚約者も決まっていない。さらには皇帝からも見放され、皇太子としての地位も危ういという。

ミーアはアレックスの客人ということになってはいるが、権力の流れに敏感な侍女たちはミーアの下《もと》を去り、今では誰も寄りつかないらしい。

そんなミーアの状況を作り出したのは、アレックスである。

どうするつもりなのかと聞いたが、彼からの返事はない。沈黙を破ったのはパトリシアであった。

「私よりもまずはミーアさんのことをどうにかすべきではないのですか？　愛する人なのでしょう？」

「パトリシア、私は……！」

「それと、今後は第三者がいる場でお話ししましょう。我々はもう他人なのですから」

その場でドレスをつまみ軽く頭を下げて部屋を出ようとすると、アレックスがパトリシアの腕を掴もうと手を伸ばした。

が、それよりも早くアレックスの手を誰かが止めた。

「見苦しいですよ、兄上」

「……クライヴっ！」

苦々しい顔をしたアレックスは、鋭い眼差しでクライヴを睨みつけた。

「父上に言われてきたんだ。パティを無事に公爵家に送り届けるようにって」

「皇帝陛下が……」

「そういうことなので兄上、我々は失礼しますよ。皇帝陛下の命令なので」

さすがのアレックスも、皇帝の命令ではどうすることもできない。クライヴの手を振り払うと、アレックスは悲しげな視線をパトリシアへと向けた。

「パトリシア。どうか忘れないでくれ。君とずっと歩んできたのは、この私なのだと」

（……どうしてっ）

その道を途絶《とだ》えさせたのはアレックスだというのに……。固まるパトリシアの腰を抱いたクライヴは、アレックスに鋭い視線を突き刺すと振り返ることなく歩き続けた。

皇后のユリ宮の庭までたどり着くと、クライヴはパトリシアから少しだけ離れて顔を覗き込んだ。

「大丈夫？」

「………どう、でしょうか？」

「少し座ろうか？」

こくんと頷きベンチへと腰を下ろすと、やっと息をつくことができた。鼻をくすぐるユリの花の香りを感じるために目を閉じれば、風に揺れる草木の音も聞こえてくる。

数秒後、目を開けたパトリシアはもう平常心を取り戻していた。

「ご心配おかけしました。もう大丈夫です」

「無事で良かった。母上に呼ばれてユリ宮にいたら、そこで父上と会ってね。パティのことを聞いて飛んで行ったんだ」

「そうだったんですね。本当にありがとうございます」

あの時、クライヴが来てくれなかったらどうなっていたのか。想像もしたくない。

「そういえば父上に聞いたよ。奴隷解放の村へ視察に行くって」

「あ、その件なのですが」

「うん、俺も行くよ。身分を隠してパティの騎士として、ね？」

皇子が視察に行くとなるとかなり大ごとになるが、お忍び、それも騎士として向かうのなら、それは避けられそうだ。剣術の達人であるクライヴと帝国一の騎士アルト。これほど安心できるメンバーはいないだろう。

「お忙しいのでは……？」

「奴隷解放法案には、俺も一枚噛んでるからね。必要な仕事だよ」

学業と公務で忙しいはずなのに。申し訳なさと嬉しさが込み上げる。

「……お願いします。クライヴ様が一緒に行ってくださると、とても安心できます」

「そう言ってもらえて嬉しいよ」

クライヴのこういう小さな気遣いが心地よく、ゆっくりと背もたれにもたれかかる。

「ひとまず現状確認だね。うまくいくといいけど」

「……いかせます。絶対に」

これだけお膳立てしてもらったのだ。必ず成功させてみせると、パトリシアは空を見上げた。クライヴの瞳の色と同じ青空を、パトリシアは微笑みながらその紫色の瞳に映した。


アカデミーでのテスト期間が始まり、普段は人のいない図書室も生徒で溢れかえっていた。もちろんパトリシアたちもその中の一員である。パトリシア、クライヴ、ハイネ、シェリル。いつものメンバーに加え、勉強が苦手なセシリーも同じ班になり、パトリシアがテスト範囲を説明していた。

「なるほど……。ここからここまでをお勉強すればよいのですわね」

「はい。ここと、ここは特に理解しておいて損はないかと。セシリー様は苦手な分野はございますか？」

「ローレランの歴史はさっぱりで……今からでも間に合いますこと?」

不安そうなセシリーに、シェリルがアドバイスする。

「まだ時間はあるし、他の科目は範囲を軽く見て、歴史を重視すればいけるんじゃない?」

「……他のも、なかなかに苦手でして……」

どうやら勉強全般が得意ではないらしい。一般的な淑女ならばそれが普通だろうが、彼女は外交にも関わる聖女だ。ひとまずセシリーには各科目の範囲を教えて、教科書を読んでもらうことにした。

「わからないことはその都度《つど》聞いてください」

「お父様が王立大学の教授を家庭教師にしてくださったのに、全然ダメで……、ご迷惑おかけしてしまうかもしれませんわ……」

「迷惑になるとわかってるなら、こんな時期に転入して来なければいいのに」

そう苛立ちを露わにしたのは、ハイネだ。姉のヘラに頼まれた手前、渋々セシリーの面倒を見ているが、ここ最近、彼の眉間の皺は深くなるばかりだ。

「しかたないですわ。いつテストがあるかなんて知らなかったんですもの。——クライヴ様、よろしければこちらを教えてくださいませんこと?」

「ここは教科書の31ページを読むとわかりますよ」

あっさりと答えたクライヴは、凄まじいスピードでペンを動かしている。そんなクライヴに話しかけるセシリーは強者だな、と誰もが思ったことだろう。

なぜならセシリーは一度、しっかりフラれているからだ。

あの告白の翌日、クライヴはきっぱりセシリーに告げた。


『私があなたの想いに応えることはありません』


だが、どうやらその真意は届かなかったようだ。

「クライヴ様、31ページには……」

「クライヴは忙しいんだから自分でなんとかしろよ！」

「ハイネさんには関係ありませんことよ」

ふんっと顔を背けたセシリーに、これはダメだとシェリルが彼女の手元を覗き込む。

セシリーは考えるような素振りをしたあと、きちんと席へと座り直した。それを確認したパトリシアが、隣で問題を教えてあげる。シェリルもまた教科書を開いた。ざっとでも復習しておけば、それだけ己の力になる。

「パティ、ここ教えて」

隣に座るクライヴが教科書の一問を指差した。

「ここは前のページのこれを使って……」

「…………ああ、そういうことか。ありがと」

真剣に考えているりりしいクライヴの横顔を横目で盗み見る。

彼を意識し始めてから、この距離感に気恥ずかしさを感じるようになった。

この気持ちが膨れ上がった時、正気でいられるかはわからない。心の中で未来の自分へ頑張れとエールを送っていると、教科書を見ていたはずのクライヴと目が合った。

「ん？　どうしたの？」

「――いえ、その……。頑張っていらっしゃるな、と」

パトリシアは気恥ずかしさに、思わず誤魔化《ごまか》した。

クライヴは一瞬だけ探るような視線を向けてから、すぐにからかうような笑顔になった。

「そりゃあ、パティに勝とうと思ってるからね。手強いの、わかってるから必死だよ」

「そういうことなら全力で参ります」

「パティって意外と負けず嫌いだよね？」

「絶対負けません」

しっかり勉強しようと教科書に目を向けた時、今度はセシリーと目が合った。

不思議そうにしているので質問があるのかと、彼女の手元の教科書へ視線を落とす。

「わからないところがございましたか？」

「……わからないところだらけではありますわ……」

ひとまず彼女を優先して教えようと体を傾けたその時、いつもより少し低いトーンの声が聞こえてきた。

「……お二人は仲がよろしいのですわね」

セシリーからそんなことを言われると思わず、驚いて体の動きが止まってしまう。

言い淀んだパトリシアを見てセシリーは軽く眉間に皺を寄せたが、すぐに思いついたように手を叩いた。

「そうでしたわ！　パトリシア様はクライヴ様のお義姉様《ねえさま》になる予定だったかたですものね？　婚約破棄されたからって、お二人の仲が悪くなるわけはありませんよね！」

一瞬にして場の空気が凍ったのがわかった。

多くの者が息を呑み、目を見開いている。パトリシアもまた、今度こそ完全に口を閉ざしてしまった。

別に婚約破棄のことはいい。みんなが知っていることだし、いまさら気まずくなることはない。

ただクライヴとの関係を言われた時、まるでそうあるべきだと突きつけられたように感じた。クライヴとパトリシアは義理の姉弟であるべきだ、と。

しばしの沈黙――。それを破ったのは、クライヴだった。

「まあ、仲のいい理由はそれじゃないけど」

「え？」

「──そろそろ終わらせようか。時間も時間だし、ディナーへ向かおう」

「本当、こんな時間だったのね。ほらほら！　あんたら片付けて。食堂行かないと飯《めし》抜きよ！」

パトリシアが両手を叩いてオーバーにみんなを急かし、教科書などを片付けていく。

シェリルも鞄に教科書やペンを入れながら、背中を伝う嫌な汗に顔を歪《ゆが》めていると、シェリルが小声で囁いた。

「パティ、平常心よ」

こくりと頷きつつも、なぜこんなに動揺しているのか自分でもわからなかった。

「今日のご飯はなにかしらー？　頭使ったし甘いものも欲しいわね」

「俺は肉が食べたい」

「クライヴ様はお肉がお好きなのですわね？　次、アヴァロンにいらっしゃった時には、わたくし、皇族の方でも予約が取れない教会御用達のおすすめのお店にご案内いたしますわ！」

めげないセシリーがクライヴの顔を覗くと、彼は小さくため息をついた。

そう。いつも通りだ。いつも通りにしていればそれでいい。パトリシアはみんなの最後尾で、いつも通り微笑んだ。

テストが終わると、今度は成績発表だ。

結果は全生徒が見られるよう、カフェテリアのそばにある広場に出されるらしい。

「……おお。七位は過去最高です」

「さ、最下位……嘘、ですわよね？」

「やった。三位！」

「……二位か。やっぱりパティには勝てないな」

パトリシアの名前は一番上にあった。

次いでクライヴ、シェリルがいて、ハイネも上々の順位だ。ただ残念ながらセシリーは最下位で、ひどく落ち込んでいる。転入したばかりなのだから仕方ないと慰めた。

成績発表は学年別と総合の二つがあり、パトリシアは総合でも一位に輝いた。

「前代未聞らしいわよ。おめでとうパティ。総合一位、まさかパティがとるなんて思わなかったわ」

「俺はパティがとると思ってた。……まあ、負けるつもりはなかったんだけどね」

「頑張ったんだな……。えらいえらい」

クライヴの頭を撫でようとするハイネの顔面ぎりぎりを拳が横切り、ぎゃーぎゃーと言い合いを始める。この二人は本当に仲がいいなと見ていると、突然周囲が騒ぎ出した。

「……………あいつら」

嫌そうな顔をするシェリルの視線を追うと、シグルド、ロイド、クロウ、そしてマーガレットの四人がいた。ロイド、クロウはなぜか嬉しそうに。シグルドは気まずそうに。そして、マーガレットは禍々しい雰囲気たっぷりに近付いてきた。

「……本当に優秀なんだな」

「シグルド様も学年一位おめでとうございます」

「―――……ありがとう」

シグルドのことを見ていると、彼の背後に隠れていたマーガレットがちらちらとこちらを見てくる。

まるでイタズラがばれた子どものようだなと思っていると目が合い、苦い顔をしつつ近付いてきた。

「ちょっと、誰よ、あの女！」

まさか同志のように小声で話しかけられるとは思わず、驚きつつもマーガレットの問いに同じく声をひそめて答えた。

「セシリーさんですか？　教皇様のご息女です」

「教皇……？」

じろじろとセシリーを値踏みしたマーガレットは、いっそう顔を歪めた。

「あの女、絶対やばいわよ」

「やばい……とは？」

「普通じゃないってこと。まあ、あんたも普通じゃないけど……あれはそういう次元じゃないわよ！　気を付けなさい」

マーガレットはそれだけ言うと離れ、シグルドの下《もと》へと戻った。一体今の忠告はなんだったのだろうか？

考え込んでいると、シェリルがやってきた。

「パティ、大丈夫？　あいつになに言われたのよ？」

「人がせっかくいいこと言ってあげたのに……！」

シェリルの声が聞こえていたらしく、マーガレットはべーっと舌を突き出した。

「……大丈夫です」

「そう？　ならいいけど」

なかなかの鋭さだが、今、どうこうできるものではない。立ち去るマーガレットの背中を見ながら、パトリシアはクライヴたちに声をかけた。

「ひとまず食事にしましょうか？　中と外、どちらがよろしいですか？」

「わたくし、平民がよくやるピクニックというものをしてみたいですわ！」

セシリーの一声で昼食は強制的にピクニックになった。いつもの木の下で、紅茶やサンドイッチを味わいながら会話をする。

「え⁉　パティもクライヴ殿下も明日からいないの⁉」

今後の予定を知ったシェリルが驚いた。

「ええ。二、三日ですが、視察に行こうと思いまして」

「俺はその付き添い。身分は隠すけどね」

「えぇ……そんなの寂しすぎる」

「シェリル……！」

なんて可愛らしいのだろうかとハグするパトリシアの隣で、ハイネが頷いた。

「自分で始めたのなら、最後までという気持ちはわかりますよ」

「はい。可能な限り自分の目で見て、理解しておきたいのです」

百聞は一見に如かずだと思う。だからこそ向かうのだと伝えれば、それを聞いたシェリルが軽く俯いた。

「目で見て、理解……か。──ねえ、それって私も一緒に行けないかしら？」

「…………え⁉」

「無理は承知の上よ。でもね、私が行って手伝えることもあると思うの。自慢じゃないけど、庶民の感覚ならここの誰より持ってるし」

　パトリシアはクライヴを見る。一応は皇室からの一団ということになっているため、簡単に決められることではない。

「私もね、知りたいの。この国のこと、他国のこと。もっとちゃんと！」

　思えばシェリルはパトリシアと会ってから、知らないことがあるとどこか落ち込んでいるように見えた。

　その気持ちがわかるからこそ、パトリシアはクライヴがどう出るかを待った。

　彼は考えるように顎に手を当て数秒後、こくりと頷いた。

「いいんじゃない？　庶民感覚は大切だし。今回は特に」

　喜色満面のシェリルとパトリシアは両手を握り合い、何度も頷きよろこびを嚙み締め合った。

「一緒に行きましょう！」

「うん、うん！　絶対邪魔にならないようにするから！」

　まさかのシェリルとのぷち旅だ。もちろん遊びではないことは重々承知しているが、嬉しくないわけがない。二人で繫いだ手をぴょこぴょこ跳ねさせていると、ハイネが呟く。

「いいなぁ……。さすがに俺は他国の問題だから行けないや」

　そうだ。これはローレランの問題であり、アヴァロンの王太子が付いてくるのは、政治的にもよろしくないだろう。ハイネとはお別れかと悲しんでいると、彼が腕をあちこちに振り回して慌ててみせた。

「いやいや！　今生《こんじょう》の別れじゃないし！　楽しんできて、俺の分まで」

「……お土産でも買ってくるわね」

「いや、いらな……。うん、ありがと」

とはいえ、向かうのはこれから開拓する村であり、特産品はまだない。そこで採れた宝石か、或《ある》いは近くの村に何かあればいいのだが……と考えていると、不意にセシリーが手を挙げた。

「わたくしも一緒に参りますわ！」

「………え⁉」

四人同時にセシリーを見た。

「シェリルさんがいいのなら、わたくしもぜひお供させてくださいませ！」

「いや、あなたも無理でしょう！　それに危険だから……」

「クライヴ様が一緒なら怖いものなんてありませんわ」

止めようとするクライヴだったが、なにを言おうともうまく返されてしまう。

いや、聞く耳を持たない、のほうが正しいかもしれない。

「このアヴァロンの聖女が行幸するのです。きっと民もよろこびますわ！」

まるで決定事項のように話を進めていくセシリーに、クライヴは遠い目をする。

（あ、これは諦めた顔ですね……）

なにかあってからでは遅いと散々伝えるが全くもって伝わらない。クライヴは行く気満々のセシリーに隠れて、ゆっくりとため息を漏らした。


隣国との国境付近にある村は、人の手が入っていない荒れ果てた土地……のはずだった。

「……綺麗」

「そうですか？　なんだか地味な場所ですわね？」

不服《ふふく》そうなセシリーを尻目に、パトリシアは村をぐるりと見回した。簡素な木《もく》構造の家がいくつも造られ、井戸の周りでは女性たちが洗濯をしている。その周辺を子どもたちが走り回り、まるで昔からある村のように思えた。想像していた荒れ果てた土地とは全く異なる現実に驚いていると、パトリシアたちの前に小太りの男性が走ってきた。

「こ、皇宮からの使者様でございましょうか？」

「はい。ここをまとめているかたに話を聞きたいのですが……？」

「わ、私、ジェイコブがそうですが、な、なにかございましたでしょうか？」

ジェイコブはさっと顔を青ざめさせた。事前に通達《つうたつ》が行っていたとはいえ、皇宮からの使者にあわてている様子だ。パトリシアは微笑みながら一歩前に歩み出た。

「はじめまして。パトリシア・ヴァン・フレンティアと申します。この度の視察の責任者として参りました」

お忍びとして来ているクライヴは今、騎士としてこの場にいる。彼の立場を明かすわけにはいかず、必然的にパトリシアがこの一団の長ということになる。騎士の数は五人。アルトが団長として立ち、彼らをまとめてくれている。その中にはクライヴもおり、立場上やりづらそうだ。彼らはパトリシアたちが乗ってきた馬車を片付けている。

「……フレンティア、様？　もしや、公爵家の……」

「はい。私はフレンティア公爵家の者ですが……」

「──あなた様がっ！」

目元を手で覆い膝から崩れ落ちたジェイコブを、慌てて騎士の一人が支える。急にどうしたのだろうかと心配していると、突然パトリシアに向かって深く頭を下げた。

「ありがとうございます、フレンティア様。あなた様のおかげで私たちは自由になれるのだと……この御恩《ごおん》は一生忘れませんっ！」

「なぜ、私が関わっていると？」

「…………我々の中には皇宮で働いていた者もおりました」

皇宮で見聞きした者がいたのなら、彼が知っているのも頷ける。本来ならばそのような重要な話を外部に漏らしてしまうことは罪であり、罰せられることもあるだろう。

「……解放法案は皇太子殿下のお力によるものです」

「はい、もちろんでございます。他言無用は承知しております。ただ、いつか御恩をお返しできたらと思っているだけでございます」

「……ありがとうございます」

お礼を述べると、彼はもう一度深く頭を下げた。

「こちらこそ本当に……。村の全ての者に代わり、感謝申し上げます」

顔を上げたジェイコブに案内されて村を歩けば、想像していたよりも栄えているように見える。小さいがきちんと造られている家の数も多いし、道も思った以上に整えられていた。

彼らはここに来てから一カ月ほどしか経っていないのに、ここまでの暮らしができるものなのだろうか？

そう不思議に思っていると、大きな家に案内された。必要最低限の設備が施された二階建ての住宅。一階はテーブルや椅子が置かれており、食事などをするスペースとなっているようだ。二階には客間があり、今回はそこを借りることになっている。

パトリシアたちは一階の食堂で話をすることにした。

「汚いところですが、どうぞお座りください」

「ありがとうございます。……あの、一つよろしいですか？」

しょうに……」

「なぜこれほどまでに村として発展しているのでしょうか？　ここに来てまだ間もないで

「はい。なんなりと」

椅子に腰掛けてから、パトリシアはずっと気になっていたことをジェイコブに聞いた。

皇都から最低限の職人が派遣され、最低限の家や道が建設された程度のはずだが、なにかがおかしいとパトリシアが首を捻ると、ジェイコブはああ、と納得したように頷いた。

「それは、移民たちがやったんです」

「移民？　移民がいるのですか？」

「はい。話すと少し長くなるのですが……」

事の顛末はこうだ。その昔、戦争が終結してしばらくしたころ、近くの山中に隠れてひっそりと暮らしていた移民たちは、しばらく経ってもこの地に人が来る気配がないことを察知すると、少しずつ山から下りて生活を始めた。そして、解放された奴隷たちがやってくるまで、彼らだけでのんびりと暮らしていたという。

「……最初に視察団が、来ていたと思うのですが？」

「彼らが言うには来たには来たけれど、それだけだったと……」

「なるほど。ここの領主を探るよう、皇宮の騎士に指示を出しておきましょう」

それが本当なら無責任な話だ。パトリシアがクライヴに視線を送ると、彼は目だけで頷いた。

「では、古い家などは移民が？」

「はい。彼らはもともと家を造る仕事をしていたらしく、慣れた様子で新しい家を次々と造っていました」

移民の中に、手に職を持つ者がいてもおかしくはない。それならばこの復興《ふっこう》具合も頷ける。

「我々が最初にここに来た時には、役人たちが移民を追い払った後だったのですが、数日後には戻ってきて……。最初はやはりどちらも自分の暮らす土地を侵《おか》されたくないと言い合いや小競り合いをしていたのですが……子どもは素直です」

「子ども？」

「移民も奴隷も関係なく、子どもたちは遊ぶんです。その姿が楽しそうで……。我々は皆、過去につらい思いをしてきた。だからこそ、その光景が奇跡なのだと知っているから……」

窓の外を見ると、大人の背丈ほどの木の根元で五人ほどの子どもたちが楽しそうに遊んでいる。あの中の誰が元奴隷で、誰が移民なのか見ただけではわからない。

そんな光景に彼らも思うところがあったのだろう。

「……つまり、共存の道を選んだ、のですね？」

「はい。もうお互いに元の土地に帰ることができないのなら、協力して、ここを生きていくための土地にしようと」

生まれた土地に帰ることはかなわない。ならば、せめて生きて死ぬ土地くらいは自分で決めたい。その思いは、元奴隷たちも移民たちも同じだったのだろう。

「彼らは家や道を、我々は農地を。それぞれ分担して作業しております」

「……そうですか。双方にとって、いい結果となってよかったです」

パトリシアがほっと息をついて安心していると、ジェイコブが朗らかに笑った。

「ありがとうございます。我々も最初はどうしたものかと不安でしたが……」

「生活する上で、なにかご不安なところはございませんか？」

「ここは土地が広いので、平地では農作物も安定した形で取れるようになるでしょう。彼らと協力しつつやっていきます。納税を三年免除していただけていますので、なんとかなるとは思います」

三年の免除では少ないと思っていたが、それ以上延ばすと原案の審査が通らない可能性があったため、三年間の猶予《ゆうよ》としたのは賭けだった。

「鉱山のほうはどうなっていますか？」

「専門家と確認し、かなりの量が採れそうだということがわかりました。しかし……」

この土地の有力な財源の一つである鉱山には、あまたの宝石が眠っていることが今回の調査でわかった。それを採掘《さいくつ》できればローレラン帝国の大きな資金源となるはずだが、ジエイコブは言い淀んだ。

「人手が足りていないのです。今は農作物をつくり、人々の家を建てることに必死で……」

もともと最初の数年は、農作物を大量に収穫することは不可能だと踏んでいた。当人たちが食べていけるだけの量があればと思っていたのだが、まさかそちらにこんなにも人手がとられることになるとは思わなかった。

「鉱山にも手を回したいのは山々なのですが、余裕がなく……」

「ご無理はなさらないよう。まずは自分たちの生活の基盤を築いてください」

「──ありがとうございます！　必ずや、このご恩はお返しいたします」


「外の様子を見てもよろしいでしょうか？」

「もちろんです！　どうぞ」

ひとまずは人が住んでいるところだけでもと案内され、村の様子を見回った。

建築中の家では移民たちから話を聞くこともでき、受け入れてくれた元奴隷たちに感謝し、この土地に住み続けられることをとてもよろこんでいることがわかった。力仕事は大変だけれど、村のために頑張るとまで言ってくれている。いい関係を築いているのだなと安心して村を眺めていると、遠くから先ほどの子どもたちの遊ぶ声や大人たちが談笑《だんしょう》する声が聞こえてきた。

奴隷解放法案の原案をまとめた瞬間、パトリシアは直感的に「何か足りない」と感じた。施行に至るまでのあまたの障壁を突破する奇策ではない。

(この原案自体に、問題がある)

パトリシアにとって学園での勉強は、この問題を解決させるための学び直しでもあった。

「わっ……あれは、葡萄《ぶどう》畑ですね？」

山肌に広がる紫色の大海原に、パトリシアは目を細めた。

ジェイコブは、葡萄畑からの風を受けながら、誇らしげに説明する。

「そうです。戦争の際に被害に遭ったのは平地だけで、山々までは被害が及びませんでした。移民たちはこの土地に住み始めてすぐ、無事だった葡萄の樹を移したのです」

「樹を根から掘り下げて持ってきたのですね？　よく実がなっています」

シェリルがパトリシアの言葉に反応する。

「パティはよく見てるね！　うちの実家、葡萄園もやっているんだけど。うまく植樹《しょくじゅ》できていてすごいな」

(なるほど、小さな房《ふさ》がぎっしりとついている)

パトリシアは、手帳に葡萄畑の情報を記入した。

「とはいえ、葡萄は特別腹に溜まるものでもないので、そのうち切って別の作物を植えようかと思っています」

ジェイコブがため息をつきながら話す。

「それは、もったいないですね」

皇都の葡萄畑では、苗から三年は経たないと収穫に至らない。

この畑には植樹した樹もあるが、育つまで三年以上経過していると見ていいだろう。

「シェリル、これだけ綺麗な房ができているのですから、実も上出来でしょう？」

「そうだね。ちゃんと実つきも調整されているし、栄養のある葡萄だと思う」

「ワインにしたらいいのではないですか？」

パトリシアのひらめきに、ジェイコブはその手があったか！　と目を見開いた。

「……ワイン……ですね！」

「ええ。ただ作るだけでなく、ここをワインで有名な土地にするのです。ワインに合う牛を放牧し、牛乳でチーズを作り、若いシェフたちを呼んでレストランを作りましょう。いずれ宿もできますね。いかがでしょう？」

「パティ！　それって、すっごくワクワクする！　絶対やろうよ！」

「リゾート地の構想だな！　すでに行きたい気持ちになってきた」

シェリルとクライヴがパトリシアに向き合い、みんなで笑い合う。

ジェイコブが部下に向けて何かを指示すると、みな相槌を打ちながら散っていった。

「とはいえ、懸念はいくつかあるんだが……」

クライヴは小さく咳払いをすると、低い声で続ける。

「この土地は、残念ながら政情が不安定なんだ。先住民がいなかったのも、それが理由だろう」

「ええ、先の大戦の主戦場は敵国側だったので、ローレラン側の被害は比較的少なくて済みました。この土地にも被害が及ばなかったようです」

パトリシアとクライヴの会話を聞きながら、シェリルはあることを思いだしてこう続けた。

「そういえばうちの村、葡萄畑とワイナリーがいっぱいあるのよ。でも、継げるのは長男だけじゃない？　で、跡取《あとと》り以外の次男三男は、長男の手伝いに甘んじてるわけ」

クライヴが眉間にしわを寄せた一瞬を、パトリシアは見逃さなかった。

「なるほど。そのかたたちをこの村に派遣すると……？」

ジェイコブは興味深そうに訊いた。

「そう！　作り方は熟知《じゅくち》してるわけだから、向こうにもこっちにもいい案じゃない？　葡萄の時期以外は他の収穫も手伝えるし。パティ、どうかな？」

男手として次男や三男が家に残る場合もあるが、人手が多いところならわざわざいさせる必要もない。

村ぐるみでワインを作っているのなら、働き手は溢れているのだろう。

「ただ、故郷を離れて不安定な土地に向かうのですから、躊躇はないのでしょうか？」

パトリシアの言葉に、シェリルが答える。

「うーん。でも、ここは土地が広大だからね。辺境だけど、やっぱり自分の土地が手に入って、一家の主になるのって夢じゃない？」

「だが、今後もこの地が確実に護られるだろうか。国境の警備を増強させ、治安維持には力を入れているが……」

クライヴはうなずきながら腕を組んだ。

「わかってるわよ。だから別に『移住しろ』とは言わず、働き手としてここに一時的に住まわせればいいの。戦争が起こりそうになったら、逃げればいい。クライヴには、みんなの疎開先を見繕ってほしい」

さっきまで笑っていたシェリルは、真剣な顔になって懇願した。

（いつもご家族や村のことを考えているのね。シェリルは本当にいい人だな）

「パティ、ここと同じような場所がいくつかあるだろう？　国外とも移住協定を結ぶといい」

「ええ、法案に書き添えたいと思います」

一瞬、クライヴの表情が、皇帝陛下と重なって見えた気がした。

二人を見比べながら、笑顔になったシェリルが続ける。

「働き口があって、しかも儲《もう》かるって気づいたら、来るやつらは多いよ」

「ふふっ……そんなものか？」

「そんなもんよ。うちら庶民にとって稼《かせ》ぐことは切実！　確実に稼げるとなったらみんな移住を考えると思う」

シェリルが熱弁を繰り広げていたその時――。

あくびをしながらのんびりと歩いてきた聖女は、小首を傾げながら呟いた。

「庶民の皆様は、お金稼ぎが大切なのですわね？　もっと大切なものがあると思いませんこと……？」

セシリーの世間知らずの発言に、シェリルの熱が一気に冷めたようだった。

だが彼女は、あらためてぐっと強く拳を握り直す。

「ここには、三年間の納税免除がある！　ワインの熟成期間は二年くらい！　だから新天地で製造を始める際に大いにありがたいはず！」

「熟成期間？」

セシリーが不思議そうに聞く。

パトリシアが丁寧に説明を始めた。

「ワインは樽《たる》の中で熟成させればさせるほどおいしくなります。その期間が長ければ長いほどお値段も上がります。ただローレランに出回る多くのワインは、一年未満の熟成で出回ってしまうものが多いのです」

「わかりませんわ……なぜですの？」

「生産性を重視しているからです。まずは販売しないと収益《しゅうえき》が得られないですよね？」

あくびをするセシリーを尻目に、シェリルがパトリシアの言葉を補った。

「そう！　さらに災害が発生してワインがだめになったら収入はゼロ！　なら一年目に販売した方がお金になるってこと！」

ワイナリーの資本が潤沢にあればいいが、そうでないならすぐ収益を出す必要がある。この土地は三年免税なので、生産高の七割を一年目に販売し、残り三割は高値を狙って寝かし続けても収支が成り立つ。

（この土地でのワイン製造は、我ながら名案かもしれない）

「ワイン好きの人にとっては、この熟成期間は重要ですね？」

「まぁ、そうなるな」

「わたくしよくわからないのですけれど、それって……高値で販売できるということですか？」

「ええ。そうやってワイン自体の評価を上げていけば、やがて地域全体の付加価値も上げていくことができます」

「そうなったらこっちのもんよ！」

「この作戦が成功した場合、職人たちの給金を除いても大きな利益を得られますね」

「あったりまえよ！　パティ、私に手伝わせて！」

「ええ、お手伝いではなく、ぜひ本格的にご一緒に。利益を出してみせましょう」

今必要なのは、村を存続させるための、持続可能な複合的事業。

しばらくすれば鉱山での巨大な利益も見込めるが、資源だけに頼るわけにはいかない。鉱石は有限だ。

「…………ジェイコブさん。ワイン造りをやってみませんか？」

パトリシアが意見を求めると、ジェイコブはすぐに拳を握り締めた。

「フレンティア様。我々は、すでに決意しております。ぜひ、よろこんでやらせていただきます」

ジェイコブの返事を聞いたシェリルが、瞬時に踵を返す。

「そういうことなら、私はまず実家に手紙書いてくるわ！」

パトリシアは、勢いよく突き進んでいくシェリルを、微笑みながら見送った。

（私も、早速葡萄の研究を始めよう。畑の管理者とも話したい）

忙しく手帳をめくるパトリシアの肩に、クライヴがそっと手を置いた。

「俺たちはこれから鉱山のほうを見てくる。……あとは頼んだよ、アルト卿」

部下のアルトを置いて、クライヴはほかの騎士と共に鉱山へ向かった。

「ジェイコブさん、またお家をお借りしてもよろしいでしょうか？」

「もちろんです！　どうぞこちらへ」

パトリシアとシェリル、セシリーは、二階にある客間へと通された。中には机と椅子、大きなソファとベッドが置かれている。

簡素ながらも、きちんと手入れがされている部屋だ。

パトリシアが部屋の中を見回していると、アルトがそっと声をかけてきた。

「外で待機しております。ご入用の際はお声がけください」

いつでも騎士としての役目を果たしてくれるアルトは、やはり頼りになる。

一息つくと、扉のほうを眺めながらシェリルがしみじみと語り出した。

「あの人、ちょっと素敵じゃない？　イケメンで強くて将来性もあって……。本当にいるのね、あんな天然記念物みたいな人！」

(天然記念物……)

「ふふっ。シェリルのおかげでなんとかなりそうです。本当にありがとうございます」

「大したことしてないよ？　でも、パティのためになったならよかった」

照れつつも嬉しそうなシェリルに、パトリシアは己の口元がにやつくのを感じた。

(早くシェリルと力を合わせて、村の特産品を作りたい)

そう思っていると、セシリーが突如、不思議そうな顔をしながら呟いた。

「そういえば、アレックス皇太子殿下はなぜ奴隷解放なんて無駄なことをしたいのでしょう？　彼らを解放しても、いいことなんて一つもありませんのに……」

パトリシアのこわばった表情に気付かないセシリーは、思ったことをそのまま口にする。

「あ、皇太子殿下の恋人は元奴隷だとか！　なるほど、そのかたのためになされたのですわね。彼女のために法律も変えるなんて、素敵な愛ですわ！」

わかっている。

彼女に悪気がないことは。

ただの感想なのだから、そうですねと笑って流せばいい。


(心ではそう思うのに、笑えない――)


奴隷解放を無駄だと言われたこと。ミーアのための法案だと言われたこと。

どれもこれも、パトリシアにとっては耐え難い言葉だ。

喉が詰まって口を開くことすらできないでいると、シェリルがやけにゆったりとした口調でセシリーに話しかけた。

「セシリーさんのそれ、わざと？」

「わざと？　なんのことですの？」

「うーん。……なら私から言うことじゃないかもだけど、もう少し周りを見たほうがいいわよ。はい、話は終わり。眠いから寝るわ」

　おやすみと一声かけてベッドに潜《もぐ》り込んだシェリルに、パトリシアは心の中で感謝の拍手を送った。

　そして、この流れを逃すまいと、パトリシアも立ち上がる。

「私も疲れましたので、少し眠ります」

　話し足りなそうなセシリーに謝りつつも、パトリシアはベッドに入った。

　胸の中がざわつく。もやもやとした感情が心の底から溢れ出し、まるで紙にこぼしたインクのように広がっていく。そんな思いから解放されたくて、眉間に皺が寄るのも気にせずぎゅっと目をつぶった。それでも心の平穏は訪れてくれなくて、パトリシアが本当に眠れたのは、それから一時間後のことだった。


　起きたのは次の日の朝だった。

　パトリシアは慌てて起きると身支度を済ませ、すぐにクライヴたちと合流した。

「おはようございます。遅れまして申し訳ございません！」

「おはようパティ。疲れてたんだから仕方ないよ」

「寝坊はどうかと思いますわ。パトリシア様も朝のお祈りを習慣にするとよろしいですわ」

「……そうですね……」

セシリーの提案にどちらとも言えない返事をすると、パトリシアはすぐ着席した。テーブルの上にはスライスされたパンに新鮮なサラダ。豆のスープが置かれている。

転居一カ月で、これだけのものを用意するのは大変だったはずだ。

パトリシアはジェイコブにお礼を言うと、ありがたくいただいた。

「ここ、豆も結構収穫できるみたい」

「スープがとてもおいしいです！」

「そ、そうですか？　皆様のお口に合ってよかったです！」

照れた様子で頭の後ろを掻くジェイコブを、微笑みながら見つめた。小柄で朗《ほが》らかな性格の彼と話していると不思議と癒される。

おいしいご飯にやさしい人々。胸の中がぽかぽかするなと微笑んでいると、セシリーがキョロキョロ辺りを見まわした。

「デザートにフルーツなどはありませんこと？」

セシリーにとっては何気ない一言だったのだろうが、またも場が凍りついた。

「し、失礼いたしました！　今すぐにご用意を――」

「ジェイコブさん！　もう十分だから！」

外に取りに行こうとするジェイコブをシェリルが止め、力強くセシリーを睨みつけた。

「贅沢言わないで。遊びに来てるんじゃないのよ？」

「贅沢って、そんな……。パティスリーのケーキをお願いしたわけでもありませんのに」

そのセリフに、またも果実を取りに行こうとしたジェイコブをクライヴが止めた。

「気にしないでください。素晴らしい食事をありがとうございました」

「こ、こちらこそ、ありがとうございます！」

パトリシアらに何度も頭を下げながらジェイコブが出ていくと、今一度シェリルがセシリーに鋭い視線を送る。

「ああいうの、やめたほうがいいわよ」

「ああいうのとは……？」

シェリルは諦めたと言わんばかりに立ち上がった。

「もういいわ。私、畑を見てくる」

「あ、パティはここに残ってくれる？　鉱山での話がしたいんだ」

「かしこまりました。シェリル、お願いします。気を付けてくださいね」

メラメラと燃える瞳のまま、シェリルは外へと出ていった。彼女の後ろを護衛の騎士がついていったのを確認し、パトリシアは改めてクライヴと向き合う。

「鉱山はいかがでした？」

「入口くらいしか見られなかったけど、かなり深くて鉱石も多いそうだよ」

「……ということは人手が必要ですね」

もう少し時間が経って住民の生活が落ち着いてからにはなるが、鉱山にも取りかからねば。

クライヴの言うとおり中が深いなら、人手はより必要だろう。

「第一陣がうまくいけば、村に送られる人も増えると思うよ」

移民たちともうまくやっているようだし、ワインの事業が成功すればこの村は豊かになるだろう。そうすれば更に多くの奴隷たちを解放することができる。

「その次は、この村で採れた鉱石をどうするかを考えるべきですね。宝石を買うのは貴族たちですが、果たして彼らが買ってくれるかどうか……」

奴隷たちの主《あるじ》は主に貴族で、法案に最後まで反対したのもまた彼らだ。そんな彼らが、奴隷たちが採掘した商品を買うかと言われると正直怪しい。だが、奴隷たちを本当に解放するためには、こういった意識を変えないといけないのだ。

ところがこれが一番手強い。

パトリシアとクライヴがどうするべきかと考え込む隣で、セシリーが勢いよく手を挙げた。

「わたくしがその鉱石を全て買いますわ！」

「え？　それはなぜ……？」

「教皇猊下《げいか》の名のもとに、信者の皆様に買っていただけばよいのです」

だがしかし、それでは根本的な解決にはならない。

「申し訳ないがそれではダメだ。ローレランで流行《はや》らせなくては意味がない」

「お金になりますのに？　庶民の皆様は、お金が必要なのではありませんこと？」

なんとも言えない顔をして、クライヴはセシリーから顔を背けながら言った。

「そういえば、パティが身に着けた髪飾りが皇都で大流行したな」

有名人が身に着けると、宣伝としての効果が生まれる。社交界では、憧れの女性と同じブランドの商品を求める令嬢が多かった。この土地の鉱物もゆくゆくは社交界で影響力のある人に宝石として身に付けてもらいたいのだが……とそこまで考えてパトリシアは勢いよく顔を上げた。

「――私より適任者がいます」

パトリシアは浮かんだ考えを瞬時に頭の中でまとめた。

「シャルモンです」

「シャルモンって……パティが愛用しているドレスのアトリエ？」

「そうです！　以前オーナーが事業を拡大したいと言っていたのです」

パトリシアが皇太子の婚約者として贔屓《ひいき》にしていたデザイナーのシャルモン。

ドレスをメインに扱っているブランドだが、皇都で人気が出て経営も安定してきたのだろう、新たな事業を模索していた。

「ドレスに合うアクセサリーをセットで販売しようとしているらしいのです」

ドレスとアクセサリーは、そもそも業者が別々だ。そのため、令嬢たちは自ら組み合わせを決めて個性を出したりするのだが、そこをあえてセットで売り出そうというのだ。

「ですが、現在ある鉱山は軒並み別の宝石店と提携しており、独占契約が難しいと以前話していたのです。ですので、声をかけてみようかと思います」

「シャルモンは貴族御用達《ごようたし》だ。……でも、それでうまくいくかな？」

いくらシャルモンで扱ってもらえても、買ってもらえなければ意味がない。

しかし、パトリシアには思い当たる人がいた。

「社交界の花、ドレイク夫人に着けていただけないでしょうか？」

「ああ、ドレイク夫人か。彼女が着けたら、御令嬢方も欲しがるだろうな」

ドレイク夫人は、社交界に生きる女性たちの憧れの存在である。いくつになっても美しく気品に溢れ、かつ艶《あで》やかな姿に、年頃の女性たちは皆、強い憧れを抱いている。さらに男性たちからも引く手あまたのその様子は、まさに【華】だ。

「そうか！　ドレイク夫人はパティのシャペロンだったね」

「社交界のことはドレイク夫人に教わりました」

厳しくもやさしい、第二の母のような存在。髪も瞳も唇も赤く、炎のように情熱的な赤のドレスが世界で一番似合う女性だ。

「夫人にお願いしてみます。受けていただけるかはわかりませんが……」

彼女が身に着ければ、話題になることは間違いない。

シャルモンとの提携と、ドレイク夫人の宣伝、そのどちらも欠けてはならないなと、自身に気合いを入れる。

「頑張ります！」

「もう十分頑張ってるんだから、無理はしないように」

パトリシアよりも、クライヴのほうが無理しているはずだ。

最近のアレックスは皇太子としての活動をほとんどせずに部屋に引きこもり、その代役をクライヴが一手に引き受けているらしい。優秀な彼はもともと忙しくしていたというのに、皇太子の分までこなし、さらに今回の視察まで……。

「……改めまして、ありがとうございます」

「うん。どういたしまして」

二人の間にほんわかとした空気が流れる。

本当にいつもクライヴには助けられている。婚約破棄、学園生活、そして今回の視察。彼にはいくら感謝してもしきれない。

どうにかクライヴの恩に報《むく》いることはできないだろうかと考えていると、隣でうずうずとしていたセシリーが声を上げた。

「――やはりわたくしが身に着けたほうがいいと思いますわ！　そのどれ……なんとか夫人とかいうかたよりも、絶対に売り上げに貢献できますわ！」

「そ、そうですね。その時がきたら、お願いするかもしれません」

「お任せくださいませ！　装飾品は必ず金で作ってくださいませ。宝石もふんだんに使ったネックレスとかがいいと思いますの！」

あれこれと注文をつけてくるセシリーに、パトリシアはただ黙って頷いた。

ブレスレットには翡翠を、指輪にはガーネットを。あれもこれもいいと言うセシリーの話を聞いていると、呆れたようにクライヴが立ち上がった。

「この村をもっとよく見てくるよ。明日には帰るからね」

「セシリーは疲れました。もう少し部屋で休んでおりますわ。クライヴ様もご一緒にいかがです？」

「まだやることが残っている。先に休むといい」

その後、パトリシアとクライヴとシェリルは日が暮れるまで村を視察した。

　翌朝、ジェイコブや村の人たちは、別れ際にたくさんの手土産を用意してくれた。その中には子どもたちが作った花の冠《かんむり》があり、女性陣はよろこんで頭に載せてもらった。

「本当にありがとうございました」

「こちらこそ……。解放されただけでも奇跡なのに……さらにはこのようなことまで」

「ワイン造り、絶対成功させましょ！」

「もちろんです！」

　ふんふんと鼻息を荒くするジェイコブに挨拶をし、パトリシア、シェリル、セシリーは馬車へ。騎士【役】のクライヴは馬に跨った。

「ぜひまたお越しください！　フレンティア様のために我々も頑張ります！」

「どうぞご無理はなさらず、お体にお気を付けて」

　馬車が動き出す。

　パトリシアたちはぎりぎりまで手を振る彼らの姿を見つめた。

「…………頑張らないとね」

　シェリルが呟く。

「――はい。必ず成功させてみせます」

　やさしくも温かい民のために、この政策を必ず成功させてみせると、パトリシアは心の中で誓った。

第五章　次なる〝ぷちっと〟への扉

「セシリー、お前なにしに行ったんだよ」

開口一番ハイネはそう口にした。

学園へと戻ってきたパトリシアたちは丸一日休みをもらい、次の日にハイネと共にいつもの木の下へとやってきていた。そこであらかた話を聞いたハイネは、セシリーに向かって言い放った。

「わがまま言うだけなら迷惑だろ。みんなの手を煩《わずら》わせるな」

「失礼ですわ！　迷惑なんてかけてませんし、わたくしだって役に立ちましたのよ？」

「申し訳ない。やっぱあの時ちゃんと止めておけばよかった……」

ハイネとしては元とはいえ婚約者。さらには姉に世話を頼まれた身としては責任を感じているのだろう。

明らかに落ち込んでいるハイネの隣で、セシリーはむっと眉を吊り上げた。

「必ずそのなんとか夫人より、わたくしのほうが宝石を売ってみせますわ！」

宝石を売りつつ貴族たちの認識を変えていく。大きな目的が二つあるのだが、セシリーは理解してくれていないようだ。

クライヴは、あ、と思い出したように懐から手紙を取り出した。

「そうだパティ。これ」

「……これは」

張り付いた封蠟印《ふうろういん》から、皇族の誰かからの手紙であるとすぐに気付いた。

この時期にこの手紙は……と考えていると、クライヴがこくりと頷く。

「母上から。誕生日パーティーをするみたいで、そこにパティも来てほしいって」

「……ですが、私は」

パトリシアがパーティーに出たのは、あの婚約破棄の時が最後だった。

あれからなにかと理由をつけては欠席をしていたが、皇后直筆《じきひつ》の招待状では断ることはできない。

パーティーに出るのはいい――。

アレックスとミーアに会うことになろうとも、当たり障りない対応をすればいい。

渋る理由は一つ。

「パートナーがいないので……」

パトリシアは婚約者のアレックスと共に出ていた。彼がどれほどミーアに心奪われようとも、パートナーとしての義務だけは果たしてくれていたのだ。

最後はあのようなことになってしまったけれど。

そして今、パトリシアは皇太子の元婚約者という微妙な立場となり、そんな人をパートナーに選ぶ男性はいないだろう。最悪父に頼むという手もあるが、これ以上家族に迷惑はかけたくない。

どうしようかと悩んでいると、突然クライヴも同調する。

「そうなんだよね。俺も相応の血筋の家から年頃の令嬢をランダムに選んで、被らないようにするの大変なんだよ……」

「なによそれ。なんでそんなことするの？」

「二回、同じ人と行ったら婚約者だと思われるから」

未だ婚約者がいないクライヴが同じ人と参加すれば、その人が婚約者だと思われてもおかしくはない。そうならないためにも、彼は家柄と年齢からふさわしい人を厳選しているのだが、毎回選ぶのに苦労していた。

クライヴがどうしようかと渋い顔をしていると、それを見ていたシェリルがパトリシアへと指先を向ける。

「ならパティと一緒に行けばいいじゃない」

シェリルのその言葉に、クライヴはものすごく残念そうな顔をして首を振る。

「それができるなら苦労してないよ。婚約破棄してまだ一年経ってないのに、俺のパートナーとして列席したら変な噂を立てられる……俺は別にいいけどね」

　ぼそっと呟かれた最後の言葉はうまく聞こえず、パトリシアは不思議そうにクライヴを見る。

　彼の言う通り婚約破棄してから一年も経っておらず、その間、パーティーには出席していない。久しぶりに出席したかと思えば、元婚約者の弟である皇子をパートナーとしていれば、周りからどんな目で見られるかわかったものではない。

　クライヴにも迷惑がかかってしまうのは嫌だと黙っていると、話を聞いていたセシリーがなにかを思いついたように両手を叩いた。

「ならわたくしが、クライヴ様のパートナーとして参りますわ」

「……え!?　招待状もないのにか？」

「クライヴ様のパートナーとして向かうのなら必要ないのでは？　アヴァロンでは何度もパーティーに出ていましたので、礼儀作法なども完璧ですわ」

　皇子であるクライヴのパートナーは、否応《いやおう》なしに注目を浴びる。さらに、皇帝の生誕祭で不吉な予言をしたアヴァロンの聖女と一緒に来たとなれば、騒ぎになること間違いなしだ。拒否しようとしたクライヴだったが、それよりも早くシェリルが提案した。

「だったらパティはハイネと行けばいいじゃない」

「はい!?」

「はあ!?」

これにはパトリシアとハイネの二人が反応した。

いったいどういうことだとシェリルを見れば、彼女は名案だとばかりに頷いている。

「そうよ。クライヴ殿下とセシリーさん、ハイネとパティが組めばみんな行けるじゃない。セシリーさんとハイネはこの国の住人じゃないし、あーだこーだ言われても一日だけだから気にしないでしょ?」

「全然! 全く気にしませんわ!」

「いや、それはそうだけど。……でも」

ちらりとハイネから視線を向けられて、パトリシアは眉尻《まゆじり》を下げる。

シェリルの言う通りではあるが、ハイネに迷惑をかけるのは嫌だ。辞退しようとするが、それよりも早くハイネが頭を掻きながら答えた。

「あー、うん。まあ、パトリシア嬢がいいなら俺は大丈夫」

「え!? ですがご迷惑をおかけしてしまいますし……」

「やっぱり。パトリシア嬢のことだからそんなふうに考えてると思った。友人なんですから、むしろかけてくださいよ。思いませんけどね。迷惑だなんて」

彼が受け入れてくれたのは、悲しげな表情をしていたパトリシアのためだ。本当に受けていいのだろうかとハイネを見ると、彼はなにも言わずただ頷いた。気にするなという思いを込めたであろう彼の行動に、パトリシアも腹を括《くく》ることにした。

「ハイネ様、私のパートナーになっていただけますか？」

「もちろん。当日はばっちりエスコートしますよ」

まさか同級生とはいえ、隣国の王太子にエスコートをお願いすることになるなんて。

これは早めに準備しなければと考えていると、そんな二人のやりとりを見ていたセシリーが嬉しそうにクライヴへと声をかけた。

「パトリシア様とハイネさんがパートナーになるのなら、わたくしたちもパートナーになりましょう！」

「…………そう、だね……」

こうして、パーティーのパートナーが決まったのだった――。


パーティーの話が出た日の夜、パトリシアはシェリルを部屋へと誘った。

二人とも部屋着に着替えた状態でベッドに寝転びながらいろいろなことを話す。

シェリルは、ワイナリーの件でもう自宅に向けて手紙を送ったらしい。すぐにでも答えが返ってくるだろうとのことだった。パトリシアもシャルモンとドレイク夫人に手紙を送っておいたので、あとは返事待ちだ。

毎日のように話しているのに尽きることのない話題に笑い合いながらも、パトリシアはどうしても聞きたかった質問を投げかけた。

「なぜあの時、クライヴ様とセシリー様、私とハイネ様をパートナーにしようと思ったのですか？」

シェリルはパトリシアの心の内を理解しているだろうから、クライヴとセシリーをパートナーにと提案するとは思わなかった。彼女のことだ。なにか理由があってのことなのだろう。

そう思って聞いた質問に、シェリルはクッションを抱きしめつつ答えた。

「一つはセシリーさんのため、ね。クライヴ殿下が彼女に靡《なび》くことはないのに、いつまでもこのままってわけにはいかないでしょ？　きっかけが必要なのよ」

パトリシアはベッドのシーツを見ながら考える。どんなことにもきっかけが必要なのはわかるが、果たして彼女が本当に諦めてくれるだろうか？

不安そうなパトリシアに気付いたのか、シェリルが片眉《かたまゆ》を上げる。

「少なくともクライヴ殿下が靡くなんてことはないから安心なさい」

「……そう、ですか？」

「それにね、私はパティに自信を持ってほしいの」

真っ直ぐに向けられるシェリルの瞳は真剣で、これはちゃんと聞かなくてはいけないやつだとベッドから起き上がる。彼女もクッションを手放すと、真正面から向き合った。

「パティ、婚約破棄のこと、後悔してないんでしょ？」

「──はい。していません」

皇太子妃、そして皇后になることがパトリシアの夢だったけれど、今はそれ以上の夢があると思える。

少なくともあの日、あの決断をした己を恥じたりはしない。

「それなら堂々とパーティーに出るべきよ。あなたはなにも恥じてない、悲しくもない。むしろ今、幸せなんだってことをいろんな人に見せつけるべきよ」

「……見せつける？」

「その皇太子もいっそぶん殴っちゃえばいいのよ！　前に教えたの覚えてる？　こう、頬を穿《うが》つようにやってやるのよ」

シュッと音が鳴るほどの勢いで拳を振るうシェリルを、パトリシアはじっと見つめる。

見せつけるだなんて思いつきもせず、まさに目から鱗《うろこ》だった。

だが考えてみればそうだ。きっと会場で嘲笑《あざわら》ってくる貴族たちは、パトリシアの不幸な姿を見たいはず。逆に幸せそうな姿を見たらどう思うだろうか？

「──それは、清々《すがすが》しいですね」

「でしょう？　相手は仮にもアヴァロンの王太子だし、悪くはないと思うのよ」

「悪いどころか、むしろ羨望の眼差しを向けられるかもしれません」

「あら、それは最高ね」

まさか友人とこんな悪巧《わるだく》みをして、笑い合う日が来るとは思わなかった。でもシェリルの言う通り、ただ我慢するだけなんてもったいない。アレックスを殴るかどうかは別にしても、今の元気で幸せな自分を見せるというのは、いい案かもしれない。

パーティーに向けて俄然《がぜん》やる気が出てきたと、強く拳を握りしめた。

「そうとなればドレスからアクセサリーまで最高のものを用意しましょう！」

「いいじゃない！　ハイネとおそろいにしてもいいんじゃない？」

おそろい。過去のパーティーでは、アレックスと色を合わせ仲のよい二人を演出した。それをハイネとするというのは妙案かもしれない。

そうと決まればと、パトリシアはベッドから立ち上がると机に向かう。

「なに？　どうしたの？」

「手紙を書こうかと思いまして」

後ろから手元を覗き込んできたシェリルにそう返しつつ、二枚の便箋《びんせん》を取り出した。

一枚は家へ、パーティーに合わせて帰る旨と馬車の用意と、身支度をするための準備をしてほしいと簡潔に書いていく。必要なものだけをざっと書き記《しる》し、すぐにもう一枚を机に置いた。

「そっちはどこに出すの？」

「シャルモンです」

真っ直ぐ前を向き、背筋を伸ばして歩くための戦闘服をシャルモンにお願いしたい。パトリシアは手紙に皇后主催のパーティーに着るドレスの注文と、パートナーであるハイネの容姿も綴《つづ》った。

「おそろいにするなら、どちらもシャルモンにお願いしてしまおうかと……」

「……いいわね。全力でやっちゃいなさい！　ハイネには事後報告だって構わないわよ」

ハイネには納得していただくつもりだが、その時も全力で臨みたいと理由を伝えるつもりだ。

まさかあんなに憂鬱《ゆううつ》だったパーティーが考え方一つ変わっただけで、こんなにうきうきするものになるなんて……。

最高のパーティーにしてみせると、パトリシアは深く頷いた。


真っ赤な唇の令嬢はにこやかに笑う——。

誰もが憧れる白亜の城。今日はそこで皇后の生誕祭が行われていた。

人々はお馴染みの噂話に花を咲かせ、あの令嬢とあの子爵の結婚がもうそろそろらしいが、実は子爵は別の令嬢と深い仲で、さらには平民との間に子どももいるらしい。なんてあることないことを面白おかしく話して、みんなで笑う。

なんて楽しい会場――。

賑わう群衆の中で真っ赤な唇の令嬢は、今、最も人気の話題を持ち出した。

「そういえば今回もフレンティア公爵令嬢はいらっしゃらないのですかね？」

その名前が出た途端、他の令嬢たちが嘲笑う。くすくす、くすくすと小馬鹿にした笑いが次々と伝染するように広がっていく。

先ほどの令嬢は、真っ赤な唇を卑《いや》しげに曲げた。

「久しぶりにお会いしたいものです。私、あの方に憧れておりましたの。完璧で素晴らしい未来の皇太子妃であられるから」

「あられた、でしょう」

どこからともなく聞こえてきた声に、誰もが笑った。周囲の者も話題に加わり、人々の関心は真っ赤な唇の令嬢へと向けられた。注目を浴びるのはなんと心地よいことか。

ここ数年、若い娘たちのパーティーでの話題の中心は、社交界の花と呼ばれているドレイク夫人か、次期皇太子妃だったパトリシアの二人だった。つまりほかの令嬢たちは、長年、ただの引き立て役に過ぎなかった。

だが、その二人がいなくなったのだ。

フレンティア公爵令嬢は愚かにも皇太子との婚約を破棄して社交界から姿を消し、ドレイク夫人はフレンティア公爵令嬢がいなくてつまらないからと、表舞台から遠のいていった。

目障《めざわ》りな二人が消えた今、水面下で令嬢たちが争いを繰り広げている。そんな中で、こうして視線を浴びることのよろこびはひとしおである。内心うっとりとしつつも、もっと視線を集めなくてはと声を大きくした。

「ええ、ええ。まさか皇太子殿下の婚約者の座を退くだなんて……。それも奴隷の娘に負けたからと！　私も驚きましたわ」

「今はアカデミーに通っていらっしゃるとか。皇太子殿下に婚約破棄されて、結婚を諦められたのでは？」

勝ち組から負け組に。天国から地獄へ。落ちた女の気分なんて全く想像できない。ただ惨めだろう。おかわいそうに、と小さく呟く。

「公爵家も落ちたものですわ。栄光を娘のせいで捨ててしまうだなんて」

ほほほ、と誰かが笑った。名もなき令嬢が、ああ、本当に気分がいい、最高の気持ちだと赤ワインをぐっと飲み干した時、入口の従者が信じられない名前を読み上げた。

「アヴァロン王国王太子、ハイネ・アヴァロン様。フレンティア公爵家、パトリシア・ヴァン・フレンティア様ご入場です」

「え……」

と、皆が息を止めて入口に目を向けると。そこには噂の張本人が眉目秀麗な男性を連れて立っていた。ハーフアップにした長い髪が月のようにやさしく光り、毛先はまるで宝石がちりばめられているかのようにキラキラと輝いている美男だ。

その隣に佇む渦中の人は、彼よりもさらに輝いていた。

生まれ変わったパトリシアを象徴したような純白のマーメイドドレスには、彼女の瞳と同じ紫色の宝石が縫《ぬ》い付けられ、上品な輝きを放っている。ドレスだけでなく、身に着けている装飾品の全てが最高級品だ。それらに全く見劣《みおと》りしないのは、彼女自身が美しいからだ。

さらにそんな彼女が見目麗しい男性と現れたのだから、皆が見惚れるのも無理はない。おそらく彼女のドレスと合わせたのであろう白いスーツと紫の宝石を身につけた男性が、公爵令嬢と共に真っ直ぐ前を向いて入場してくる。歩幅を合わせ支えている様は完璧なエスコートで、皆がはちみつ色の王太子を熱のこもった瞳で見つめる。

「…………今、王太子って」

誰かがぼそりと呟いた。そうだ。アヴァロン王国の王太子と言っていた。

「――どう、して？」

哀れな女のはずなのに――。

世界で一番不幸な女になっていたはずなのに、どうして、今、視線を集めているのだ。

公爵令嬢はゆっくりと会場を歩きつつ、ちらりと王太子に視線を合わせる。彼はすぐにそれに気付いて穏やかに微笑み返す。

なんて完璧な存在。こんな二人がこの世の中に存在するなんて——。

令嬢は会場にいる一人一人と目を合わせ、笑みを浮かべた。

「ごきげんよう、皆様方。本日は楽しみましょう」

その瞬間、ああ、これは勝てないと真っ赤な口紅の令嬢は思ったのだった。


「いやぁ……最高ですね！」

楽しそうに笑いながら親指を立てたハイネに、パトリシアはこくりと頷いた。

こんなに清々しい気持ちでパーティーに参加したのは初めてだ。背筋を真っ直ぐ伸ばし、心からの笑顔でいられる。奇跡のような感覚にふわふわしつつもハイネにお礼を述べる。

「ハイネ様のおかげです。こんなふうに顔を上げていられるなんて信じられません」

「パトリシア嬢の実力ですよ。あまりのお美しさに、皆が釘付けになっていますから」

それはハイネも同じなのだ。普段は垂《た》らしている前髪をアップにすると、整った顔立ちがよりはっきりとわかる。スーツも彼のすらりとした手足を引き立たせている。シャルモンのセンスに拍手を送りたくなってしまう。

「ありがとうございます。今日はどうぞよろしくお願いいたします」

「もちろん。お美しいレディーのパートナーになれて大変光栄です」

手をとられ、そっと指先に唇を落とされる。

その完璧な所作に周りの令嬢たちの視線が釘付けになった時、音楽が鳴り出した。

皇族が会場へと入ってくる合図だ。パトリシアとハイネは軽く頭を下げ、彼らの到着を待つ。

「ローレラン帝国皇帝陛下、皇后陛下。アレックス皇太子殿下、バール子爵家、サロメ・バール様。クライヴ皇子殿下、アヴァロン王国フローレン教皇猊下御令嬢、セシリー・フローレン様ご到着です」

思わず目がうばわれそうになるのをなんとか堪《こら》える。

(どうして……？)

だめだ。見てはいけない。そう思いながらも少しだけ視線を上げる。その瞬間、目の前をアレックスが通り過ぎた。彼の隣には見知らぬ令嬢がおり、腕を組んで歩んでいる。令嬢の頬は赤らみ嬉しそうに微笑んでいるのに、アレックスの表情はひどく冷たい。

ミーアはどこにいるのだろうか？　あの令嬢が新たな皇太子妃候補なのか？　自分の中に答えなどないのに、自問自答を繰り返した。

「本日はお越しくださりありがとうございます。皆さま、どうぞ楽しんでください」

「皇后陛下！　おめでとうございます！」

皇后からの簡単な挨拶があって、パーティーは本格的に始まった。

皇帝と皇后のダンス。その後、クライヴとセシリー、アレックスとサロメが踊る。楽しそうなセシリーを見ていて少しだけ胸がちくりと痛み、パトリシアが視線を移せば、そこにはアレックスがいた。

ミーアとうまくいっていないことは知っていたけれど、まさか別のパートナーを連れてくるなんて。なにがあったのかと考えていると、ちょうど皇族によるダンスが終わる。

隣に立つハイネは、絶妙なタイミングで手を差し出してきた。

「よろしければ、あなたと踊る栄誉《えいよ》をいただけませんか？」

「――もちろん。よろこんで」

パートナーとのダンスは必須だが、そういえばハイネと踊るのは初めてだ。すでに何組か待っている人たちの間を抜け、ダンスホールへとエスコートしてくれる。しばらくして音楽が鳴り出し、二人は小さく挨拶を交わした後、手を取り合いゆっくりと動き出した。

「……お上手なのですね、ダンス」

「そうですか？　パトリシア嬢に褒めてもらえるととても嬉しいですね」

さすがは王太子。場数が違うのだろう。パトリシアもパーティーに出ているほうだが、相手はほぼアレックスだったので、自分の実力など知る由《よし》もない。ハイネに迷惑をかけていないといいが……と思いながら顔を見ると、ぱちりと目が合った。

「……パトリシア嬢は変わりましたね」

「そうですか？」

「ええ。初めて会ったときは近寄りがたいというか……棘《とげ》の鋭い薔薇みたいな？」

ハイネの言う通りかもしれない。今までよりもずっと生きやすい日々を送れているのだから。

「変わることができたのだとしたら、それはハイネ様のおかげでもあります」

「――俺？」

「はい。ハイネ様と、シェリルと、クライヴ様。皆さんが私を信じて認めてくださったから。自信を持って前を向けるようになったのだと思います」

彼らがパトリシアを認めてくれるから。彼らがパトリシアの思いを受け止めてくれるから。自信を持っていられるのだ。

パトリシアの心情を聞いたハイネは、どことなく気恥ずかしそうに笑う。

「……はは！　本当に変わりましたね」

「そうでしょうか？」

「そうですよ。――好きですよ。パトリシア嬢のそういう、真っ直ぐなところ」

パトリシアの足がもつれ、ハイネがうまくフォローする。

「…………え、っと」

びっくりした。彼の表情が、声が、雰囲気が。あまりにも真剣だったから。

演奏が終わりを迎えぞくぞくと人々が捌《は》けていく中、ハイネはいたずらが成功した子どものように笑った。

「友だちとして、ですよ」

「――あ、そう、ですよね。すみません。私ったら、あまりそういうことを伝えられたことがなかったので……」

慣れていないからといって、本気で受けとってしまった自分が恥ずかしい。熱を帯びた頬を手で扇《あお》いでいると、その手をそっととられた。

「俺としては光栄ですけどね。さ、今日はパトリシア嬢を世界で一番幸せな女性にしないと。顔を上げてください」

もう十分、幸せだ。

けれど、ハイネがそう言うのならとパトリシアは彼に引かれてダンスホールを後にした。

「俺、飲み物とってきますね。お疲れでしょうから、ちょっとだけ待っててください」

笑顔で彼を見送ると次の曲が始まり、ダンスホールでダンスが始まった。ゆったりと華やかに揺れる人々を眺めていると、突然声をかけられた。

「こんばんは。パトリシア様」

「――どうも。お久しぶりですね、皆様」

五人ほどの令嬢が、鋭い眼差しでパトリシアに群《むら》がる。

彼女たちには見覚えがある。最後の最後までパトリシアが皇太子妃になることに反対していたグループだ。

確か先頭にいる令嬢も皇太子妃候補として名前が挙がっていた。彼女はアレックスのことが好きで、パトリシアが皇太子の婚約者となったあとも彼を想い続けていたらしい。

当時からなにかと難癖《なんくせ》をつけられていたが、その人たちがいまさら声をかけてくるなんて。

「なにか御用でしょうか？」

「……いいえ。久しぶりにパーティーにお越しになったので、ご挨拶をと思いまして」

にっこりと微笑んでいるが、目つきはまるで獲物《えもの》を狙う狩人《かりうど》の如く鋭い。

「ありがとうございます。皆様もお元気ですか？」

「ええ。我々は元気にやっておりますわ。パトリシア様もお変わりなく」

我々は、を強調された気がする。別にパトリシアもすこぶる元気なのだが、ことばを伏せた。

この場を去ったほうが面倒事を避けられそうだとハイネが向かったほうを眺めていると、相手にされていないことがわかったのか彼女の目が怒りに満ちる。

「……余裕ですね。社交界にはすでにあなたの居場所はありませんよ。あなたを支持していた御令嬢方も、こぞって私の仲間になってくださいました。どんなご気分ですか？」

なるほど、どうしてもこちらを貶《けな》したいらしい。

パトリシアは改めて彼女の顔をじっと見つめ、少しだけ声のボリュームを上げて話し始めた。

「あら、そうなのですか？　なぜ御令嬢方はあなたの下《もと》へ向かわれたのでしょうか？」

「そんなの決まってます。私が一番、皇太子妃に近いからです」

パトリシアが皇太子妃を降りたのなら、次は彼女にその役目が回ってくる可能性もある。

だが、ずいぶんと浅はかな思考だ。

鼻高々に宣言した彼女には悪いが、喧嘩《けんか》を売ってきたのはそちらなので倍返ししよう、とパトリシアは悪い笑みを浮かべた。

「では、なぜあなたは今日、皇太子殿下のパートナーではないのですか？」

「——それはっ！」

「あの御令嬢は新興貴族バール家の方ですが、皆様はご存じですか？」

あの御令嬢とはサロメ・バールという名の女性のことだ。パトリシアは知っていた。最近デビューした御令嬢だ。

そんな人が婚約者でもない皇太子のパートナーとして、皇后の誕生日パーティーに来るとはどういうことなのか？　それはつまり皇太子妃選びが難航しているということだろう。

であるならば、今は波風を立てぬようにすべきなのだが……そんなことを教えてあげる義理もないので、パトリシアはちょっと意地悪《いじわる》な顔をした。

「彼女も皇太子妃候補なのでしょうか？」

「まさか⁉　彼女は子爵家の令嬢だそうですよ？　私と対等なわけがありません！」

「では、皇太子妃にふさわしい女性は今の社交界にはいらっしゃらないということですね」

硬い空気が漂う。どうやら目の前の令嬢には効いたらしい。

（これで懲りてくださったらありがたいのですが……）

しかし、願いはかなわない。

令嬢が怒りに顔を歪ませ腕を振り上げた、その時だ。

「はい、終了」

まるで読んでいたかのように二人の間に手が差し込まれた。

「――ハイネ王太子殿下！」

先ほどまでの重々しい空気は消え、一瞬で令嬢たちの視線も声も熱を帯びる。

ハイネは彼女たちに一切目もくれず、手に持っていた飲み物をパトリシアに渡した。

「はい、どうぞ。遅くなってしまい、申し訳ありません。向こうにおいしそうなデザートがあったのでよかったら食べませんか？」

「……あ、そう、ですね」

彼がこんなに露骨《ろこつ》に女性を避けることが意外で、少し驚いて目を合わせるとハイネは軽くウインクしてから手を差し出した。どうやらこの場から逃《にが》してくれるらしい。

その手を取ってこの場から去ろうとすると、彼の行く手を阻《はば》むように令嬢たちはこぞって二人を取り囲んだ。

「はじめまして王太子殿下。もしよろしければ少しだけお話ししませんか？」

「私も！　お話ししてみたいと思っていたのです」

その勢いに少しだけ気圧《けお》されていると、ハイネがパトリシアを背中に隠すように前に出て、令嬢たちとの間に入ってくれた。

「落ち着いてください。俺はパートナーの彼女を放ってほかの令嬢たちと話すことはしたくありません」

まあ、と令嬢たちはうっとりした様子で彼を見ながら、羨《うら》ましい、大切にされているのね、と小声で言い合っている。

ほんの少しだけ気恥ずかしさを感じていると、それを見ていた先頭の令嬢がふんっと鼻を鳴らした。

「ハイネ王太子殿下はご存じないかもしれませんが、彼女はこの国の皇太子殿下に婚約破棄された存在です。あなた様のような尊《とうと》い方とは似合いませんわ」

「俺も婚約破棄された尊くない存在なので」

さすがにその返しにはなにも言えなかったのか、令嬢たちは黙り込む。ハイネはそんな彼女たちに軽く手を振って、パトリシアとその場を去った。

「女性ってばちばちですよねぇ」

「ご迷惑をおかけしました」

「いやいや。お気になさらず」

会場から少しだけ抜け出して、パトリシアとハイネは外の空気を吸いにきた。夜の風は少し冷たいが、ダンスと彼女たちの熱にあてられた体にはちょうどよい。

パトリシアは何度か深呼吸を繰り返して、落ち着きを取り戻した。

「あとはラストダンスだけ踊ればいいと思うので、もう少し外でのんびりしましょうか」

「はい」

これ以上いてもまた令嬢たちにあれこれ言われるだけだ。ならばハイネとこうしてのんびりしている方がいいだろうと、会場から漏れてくる曲に耳を傾けながら、ゆっくり歩き出す。

「そういえば、持ってきてくださった飲み物、置いてきてしまいました」

「構いませんよ。それよりお腹が空いたら中でなにか食べましょう」

「はい。ハイネ様が先ほどおっしゃっていたデザートが気になります」

　そんなたわいない話をしていると、がさりと草むらから音が聞こえた。

　その瞬間、パトリシアははっ、と息を呑《の》んだ。

「――パトリシア、様？　……どうして、ここに？」

　そこにいたのは侍女の服を着たミーアだった。彼女は顔や腕のあちこちが汚れ、傷も負っている。

　驚いたパトリシアが見つめていると、ミーアは瞳に涙を溜めて睨みつけてきた。

「あなたの仕業なんですね！　あなたが私からアレックス様を奪ったんですね！　なんてひどいっ。私があなたになにをしたっていうんですか!?」

　ものすごい勢いで向かってきたミーアを、ハイネが慌てて止めた。

「ちょ、なんだ、こいつ」

「きゃあ！　痛いっ！　放してください！」

　摑んだハイネの腕を無理矢理振り解こうとして、自ら捻ってしまったのだろう。慌ててハイネが放すと、ミーアは手首を押さえたままその場に座り込んだ。

「ひどい……っ、暴力まで……！」

　騒ぎを聞きつけた騎士たちがやってきた。彼らはそこにいる面々を見て、互いの顔を見合わせる。

「えっと……どうなさいました？」

「いえ、それが……」

「そこの男性が暴行してきたんです！　手首を怪我したんです！　捕まえてください！」

騎士のほうにうっすらと赤くなった手元を見せつつ、ミーアは金切り声を上げる。

あまり騒ぎを大きくしては、皇后にまで迷惑がかかってしまう。

パトリシアと同じく困惑し動かない騎士たちに、ミーアはさらに大きな声を上げた。

「どうして動いてくれないんですか!?　私は被害者なんです！」

パトリシアはぐっと体に力を込めた。

「いい加減にしてください！　その怪我も全てあなたが自分でやったこと。ハイネ様は摑みかかってくるあなたを止めてくださっただけではないですか！」

初めて聞くパトリシアの強い声に驚いたのか、びくっと肩を震わせたミーアは、そのまましばらく固まった。

しかし涙は止められなかったのか、両手で目元を何度も拭いながら、まるで駄々《だだ》っ子《こ》のように大声でわめいた。

「アレックス様を呼んで！　アレックス様なら私を信じてくださるもの！」

これだけ興奮している状態では、まともに話もできないだろう。騒ぎを抑えることは不可能だと、騎士たちに声をかけた。

「彼女を連れていってください」

「はい！　かしこまりました」

「やめて触らないで！　アレックス様を連れてきてっ！」

どうなっているのだとパトリシアは頭を抱えそうになる。

「……申し訳ございません、ハイネ様。ご迷惑をおかけいたしました」

「いやぁ？　なにがなんだか……？」

ミーアとハイネは初対面だ。小さく手招きすると意図を汲んでくれ、屈んでくれたので、少し近付いて小声で教える。

「彼女は皇太子殿下の恋人です」

「──え、それって例の奴隷の……？」

奴隷から昇格し、侍女として皇宮で雇《やと》われていたミーア。アレックスの客人として何一つ不自由なく滞在していたはずだが……。

また面倒ごとに巻き込まれたな、とパトリシアがため息をつくと、ハイネが慰めるようにパトリシアの肩をぽんと叩いた。

──その時だ。

「パティ！」

「クライヴさま……」

セシリーと共に走ってやってきたクライヴは、パトリシアを見つけると勢いそのままに抱きついてきた。

「くっ、クライヴさま!? な、な、なにを!」

「怪我はしてない!? あの女に会ったって聞いて、心配で……!」

「大丈夫です。ハイネ様が助けてくださったので」

抱きしめられたのは一瞬だった。すぐにハイネのほうへと向かったので下手な勘《かん》ぐりはされないだろう。突然のことにドキドキとうるさい心臓を押さえるパトリシアの隣で、クライヴは騎士たちにてきぱきと指示を出した。

「でもなんでこんな騒ぎに？」

「それが……」

先ほどの出来事をクライヴに説明すると、彼の顔はどんどん険しくなっていった。

逆にその少し後ろで聞いているセシリーは、ぽやんとした顔をしている。

「どういうこと？ 兄上となにかあったのか……？」

わからないと首を振る。セシリーが片頬に手を当てて首を傾げた。

「わたくし存じ上げないのですが、ミーアさんというかたが皇太子殿下の恋人なのですか？」

「え？ ……ああ、うん。元奴隷で今は侍女としてこの皇宮にいるんだって」

「まあ！　皇太子殿下の恋人なのに侍女をさせられているんですの？　彼女はそれ相応《そうおう》の待遇《たいぐう》を受けるべきですわ！」

セシリーの指摘も間違いではなかったが……。

「ミーアさんはきっともっと優遇《ゆうぐう》されるべきだと訴えたかったのではありませんこと？」

セシリーの世話役のハイネが彼女に釘を刺した。

「おい。他人の気持ちを決めつけるなって昔から言ってるよな？」

「まあ。かわいそうな人がいたら、手を差し伸べてあげるべきではございませんこと？」

「だーかーらー！」

「まあまあ。お二人とも落ち着いて……」

「──パトリシア？」

二人を制止しようとすると、どこからともなく聞こえてきた声に喉を詰まらせた。

「……皇太子殿下にご挨拶申し上げます」

やってきたのはアレックスだった。たぶんミーアの騒動を聞きつけたのだろう。

数人の騎士と共にやってきた彼は、パトリシアに気付き目を見開いた。

「……どうして、ここに」

「兄上、あの女がパティに危害《きがい》を加えようとしたんです」

「危害？　ミーアが？　……なぜ」

「ミーアさんとはお会いしているのですか？」

「……ミーアとは会っていない」

「なぜ……？」

愛していたのではないのか？　だからあんな行動をとったのではないのか？

「……詳しくはここでは言えない」

どうやら、遠巻きにこちらの様子を窺う野次馬《やじうま》たちには聞かせたくないことらしい。まあいずれにしても、これ以上噂の種をまく必要はないだろう。パトリシアは瞬時にクライヴへと声をかける。

「クライヴ様。部屋を一室用意していただけますか？」

「いいけど……きみが心配だ。無理をしていないか」

「不本意《ふほんい》でも首を突っ込んでしまったので、最後まで見届けたいのです」

ここまできたのなら真相を知りたい。パトリシアの意思を理解したのか、クライヴが騎士に声をかけ、部屋を用意してくれた。

その間にパトリシアは、ハイネを一人にすることを詫びた。

「ハイネ様、申し訳ございません。巻き込んでしまった上に少しおそばを離れることをお許しください」

クライヴもセシリーにここで待つよう伝えるが、彼女は断固拒否した。

「わたくしも共に参りますわ！　ミーアさんにはわたくしのような味方が必要ですもの」

「ここから先はあなたに聞かせるわけにはいきません」

クライヴは正面からセシリーを見つめ、視線で拒絶の意を伝えた。

「なぜですか⁉　わたくしならきっと、ミーアさんのお心を理解できると思うのです！」

「我々皇族の問題だからだ」

「っ……」

そう言われては手の出しようがないと思ったのか、セシリーは口ごもった。しかし、すぐパトリシアに異を唱える。

「ならパトリシア様はどうして行けるのですか⁉　皇族ではない彼女が許されるのなら、わたくしも許されて然るべきですわ」

言ってやったといわんばかりに胸を張ったセシリーに、クライヴは大きくため息をついた。

「パティはあの女に襲われかけたんだ。彼女には知る権利があるだろう」

「……なぜミーアさんはパトリシア様を目の敵にしているのですか？」

「――それは……」

言い淀んだクライヴのために、パトリシアは一歩前へと出る。

「ミーアさんは、どうやら皇太子殿下に会えないのを私のせいだと思っているようです」

先ほどアレックスは「ミーアとは会っていない」と言っていた。そしてミーアが叫《さけ》んだ「あなたの仕業」「アレックス様を奪った」という台詞から大体予想ができる。

まさかの濡《ぬ》れ衣《ぎぬ》を着せられた己の不遇《ふぐう》を心の中で嘆いていると、目の前のセシリーはきょとんとしていた。

「つまり、パトリシア様が皇太子殿下とミーアさんの仲を引き裂いたと？」

パトリシアとアレックスの間には微塵も関係がないというのに、なぜミーアは見当はずれな勘違いをしているのだろうか？

その話をそばで聞いていたアレックスが苦々しい顔をしている。

別室に移ろうと踵を返したその時、パトリシアの背中に予想外の言葉が投げつけられた。

「パトリシア様、ひどいです！　愛する二人の仲を引き裂くなんて、最低ですわ！」

「…………はい？」

どういう思考回路をしているのか？　今の会話の何を聞いていたのだと呆然としたパトリシアとは対照的に、セシリーはさらに目を吊り上げ、攻撃力を高めたように見えた。

「パトリシア様はミーアさんに敗《やぶ》れたのでしょう？　ならば、潔《いさぎよ》く身を引くのが女性の美学というものですわ！」

パトリシアは黙ってセシリーの考えを聞いた。

「パトリシア様は最初、ミーアさんの存在をお認めにならなかったのでは？」

「存在？」

「愛人、もしくは側室ということです。パトリシア様がお認めになっていたのなら、婚約破棄になど至らなかったのでは？」

パトリシアは、セシリーの妙な勘の良さに警戒心を高める。

だが、セシリーはそのことに気付く様子もなく、自分の推論に酔いしれるように話を続けた。

「王が側室をとるなんて普通のことでは？　わたくしもまあ……クライヴ様が側室を娶《めと》るとなったら悲しいかもしれませんが、そんなことで婚約を破棄したりはいたしません。パトリシア様は少し考えが甘すぎるのですわ。皇族になるのならば、多少の理解は必要だと思いませんこと？」

（私が婚約破棄をした本当の理由も知らず、その上偽りの予言のことも棚に上げて、この人はどうしてそんなことが言えるのだろうか？）

怒りで涙が溢れそうになったパトリシアは、目の奥に力を込めて閉じた。

（――この人には涙を見せたくない……！）

まぶたをゆっくりと開けたパトリシアの瞳には、力が満ちていた。

「──セシリー様は私の考えが甘いと、そうお思いになるのですね」

「ええ。パトリシア様も皇后になれたのに残念ですわね」

「ではセシリー様は、あなたが愛する人が他の人を愛してもお許しになるのですね？」

「もちろんです。わたくしはたとえクライヴ様がほかのかたを愛していても、そのかたと仲良くいたしますわ。だって、そのほうがクライヴ様も幸せでしょう？」

「セシリー様と結ばれるかたはお幸せですね。……ですが、セシリー様は本当にそれでお幸せですか？」

「……なにが言いたいのです？　幸せに決まっているではないですか。愛した人と結ばれるのですよ？」

「愛した人があなただけを愛していなくても？」

「……結婚しているのですから、当然わたくしにも愛を向けてくださいますわ。クライヴ様は、そのような不義理《ふぎり》なことは致しませんもの。パトリシア様は心が狭すぎませんか？」

その言葉で彼女の考えが少しだけ理解できた気がした。

セシリーは深く考えていない。

己の身に同じことが起こる可能性があるなんて、微塵も考えていないのだ。

「考えが甘いのは、セシリー様のほうです」

「――え？」

「あなたはいつも自分の意見が正しいと信じ、相手の心なんてなに一つ気にしていません。誰かのためにと口を開きながら、正論をぶつけて己が愉悦《ゆえつ》に浸りたいだけではないですか」

「そんなことはありませんわ！　わたくしは皆さまのことを思ってアドバイスを……」

「深く理解することのできないかたからのアドバイスなど迷惑ですので。今後はお控えください」

「……っ、どうしてそのような酷いことをっ」

涙を溢れさせたセシリーに、パトリシアは背中を向けた。彼女もまた、話し合いをしても無駄な人物なのかもしれない。

けれど、束の間とはいえ同じ班で勉強したのだから、せめて少しはセシリーの間違いを正す手助けはしたいと思った。

だから最後に、せめてもと口を開いた。

「あなたが今傷付いたように、あなたの言葉で傷付いた人がいるのだとお気付きください」

それだけを伝えると、パトリシアはクライヴ、アレックスへと視線を向けた。

彼らはパトリシアを見守りながら、先立ってその場を後にした。

ハイネたちと別れたパトリシアは、ある部屋へと通された。以前、皇帝と奴隷解放法案の話をしたあの客間だ。お茶やお菓子も用意されたが、残念ながら味わう余裕はない。

パトリシアとクライヴが並んで座り、アレックスはその前に腰を下ろした。

「ミーアさんと、どうなっているのですか？」

「……しばらく会ってない。最初は彼女を私の恋人、パートナーとして連れて歩いていたんだが……」

パトリシアの質問に、アレックスは静かに語り始めた――。

ミーアはアレックスのパートナーとしてしばらくの間パーティーに出席していた。付け焼き刃《ば》ながらレッスンを受けさせ、最低限の礼儀作法を身に付けさせた。初めてのパーティーで、ミーアは大層よろこんだという。

しかし一人になった際、浮かれ過ぎてワインをとある令嬢のドレスにこぼしてしまった。ミーアはすぐに謝り、わざとではないと必死に伝えたが令嬢は許してくれない。大切なドレスだったのにと詰め寄られ、周りの令嬢たちも口々にミーアの行動の不自然さや所作の甘さを指摘し出した。

会場が騒がしくなったことでアレックスが気付いて仲裁《ちゅうさい》に入ろうとすると、ミーアがアレックスに泣きついた。

『彼女たちはアレックス様に愛されている私が憎いんです！　私がまだ完璧にできないのなんて当たり前なのに……。酷いですっ！』

一度や二度ならず、何度も続けば、さすがのアレックスも気付く。彼女はこの世界に向いていないばかりか、そもそも連れてくるべき存在ではなかったのだと。

「兄上も脳内がお花畑すぎるのでは？」

「………その通りだな」

アレックスは自嘲《じちょう》の笑みを浮かべた。

「いずれにせよ父上がミーアを皇后と認めるはずがない。新しい皇太子妃を見つけなくてはならないから、その選考で忙しくてミーアに会う余裕がなかったんだ……」

目の前のパトリシアを気遣ってか、皇太子妃選びの件は少しだけ言いづらそうだった。

「それを知ったミーアは、皇后になるのは自分ではないのかと騒ぎ出したんだ」

アレックスと婚約したからにはそう望むのが自然だ。しかし現実は残酷《ざんこく》だ。皇后となるには爵位を持つ貴族出身であることが条件だと、誰もミーアに伝えようとしない。

「今までの騒ぎもあり、父上が激怒されて。それまでは一応皇宮の隅で暮らしていられたが、侍女のさらに下の位にまで降格《こうかく》させられてしまった。……そこからは、会えていない」

ミーアの考え方は貴族社会のそれとは根本的に異なる。貴族社会ではしきたりが全てだ。それを理解できない、理解したくないミーアとアレックスは同じ道を共に歩むことが難しい。彼女が己の道を、変えない限りは。

「……会いに行かなかったのですか？」

「止められていた」

事情も知らせずにただ放置《ほうち》したのか。ミーアも突然住んでいた場所から追い出されて、メイドとして働かされたら混乱してもおかしくはない。それでもきっと、いつかアレックスが会いにきてくれると信じていたのだろう。

けれど、待てど暮らせど、彼は現れない――。

縋《すが》る思いで地を這《は》いボロボロになって、あのパーティー会場にまできて、そしてパトリシアを見つけたのだ。美しく着飾ったパトリシアを見て、全てを奪われたと思ったのだろう。あの取り乱し方にも説明がつく。

「パトリシアは知っているかわからないが、私は今……皇太子の座を降ろされそうになっている」

「……」

「後ろ盾である公爵家がいなくなった今、私は無力だ。雑務も増えて、ミーアに会える状態ではなかったのだ」

彼にとって皇太子の座を降ろされるということが、なによりもつらいことなのだろう。だが、それを免罪符《めんざいふ》にしていいわけではない。

アレックスは頭を抱えると、悲痛な声を上げた。

「私はどうしたらいい。全てを失うのか。また、奪われるのか！」

どれほど壊れようとも、どれほど恐ろしくとも、彼にとっては唯一の存在であった母親がいなくなった日。

あの日のことは、パトリシアもまた忘れることができないでいる。

――アレックスの母親は、欲望のままに生きる人だった。

自らの息子を皇帝にするためなら、なんだってする。たとえその手を血で染めようとも。

「どうしてみんな、私から奪っていくのだっ！　私は、私はただ――っ！」

こうして全てを失っていくのだ――。

嘆《なげ》こうともそれは変えようのない事実で、全て自分のせい。だが彼はそれを理解していない。奪われたのは自分だけ、かわいそうなのは自分だけだと、そう思っている。

（アレックス様とミーアさんは似た者同士）

パトリシアがそっと目を閉じると、まるで走馬灯のように過去の出来事が思い出されていく。アレックスに出会った日、皇太子の婚約者になった日、はじめて一緒にパーティーに参加した日。勉強をしている途中でサボって、共に怒られた日。

幸せな日々は、あの日を境に消えた。

アレックスの目がパトリシアを映さなくなり会える時間も減り、そしてミーアの出現で全てが終わった。

パトリシアの夢も、未来も、愛も――。

（——ああ、そうですね）

傷付き嘆くアレックスの顔を見て、パトリシアは立ち上がった。

「……クライヴ様。この場だけは皇族への御無礼《ごぶれい》をお許しいただけますか？」

「え？　……うん、わかった。なにも見なかったことにするよ」

パトリシアがゆっくりと歩き、アレックスの前に立つと、見上げた彼の瞳が助けを求めているようにも見えた。

そんな顔を見下ろしつつ、もう一度瞼を閉じる。

どうしたらいいのか。どうするべきなのか。

理性が己を制しそうになるのを意図的に止め、名前を呼んだ——。

「アレックス様」

目を合わせながら、右手の拳を力強く握り締めた。

「奥歯、嚙み締めてくださいますか？」

頭の中に響いたのは、ただ懐かしい、あの〝ぷちっ〟という音だけだった。

「——え？」

意味がわからず困惑するアレックスに、パトリシアはもう一度同じ言葉を繰り返した。

「奥歯です奥歯。わかりますか？　こう、ぐっと嚙み締めるんです。できますか？　できましたね？」

「パトリシア、なにを――！」

――ゴッ！


いい音がした。骨と骨が当たる痛々しい音が。

アレックスは崩れ落ちるように床へと倒れ込んだ。その様を見下ろしつつ、パトリシアはそっと傷付いた己の拳に触れる。

人を殴るというのは思ったよりもダメージを受けるものなのだな、と赤く滲む手の甲を見た。今は頭に血が上っているせいか、あまり痛みを感じない。だが、あとから来るのかもしれない。

だが今はそんなことはどうでもいいと、驚愕し怯えるアレックスに生まれて初めて声を荒らげた。

「いい加減、自分に甘いだけではどうすることもできないのだと理解しなさい！」

ぽかんと口を開けたままのアレックスへ、パトリシアはさらに言葉を投げつける。

「つらいのはあなただけですか？　奪われたのはあなただけですか？　被害者でいるだけはおやめなさい！」

「ぱ、パトリシア……？」

「あなたの行動によって傷付いた人たちがいます。そんな人たちから目を背けていて、幸せになんてなれるはずがないでしょう！」

彼は真っ赤に腫れてきた頬を、涙目になりながら押さえている。こんなアレックスの表情ははじめて見たと思いつつも決して責める手は緩めない。

「ちゃんと向き合ってください。ミーアさんとも、己の過去や未来とも。逃げるだけでは先には進めません」

尻《しり》もちをついたまま呆然とするアレックスに、パトリシアは声を張り上げる。

「返事は⁉」

「――はいっ！」

びくっと肩を震わせたアレックスは、反射的に返事をした。痛む己の頬が未だに信じられないのだろう。彼はまるで夢見るように呆然と何度も頬をさする。

「……パトリシア」

「はい？」

「――君は、変わったな」

昔までのパトリシアなら、少なくともアレックスに大声で説教なんてしなかっただろう。アレックスの言う通り、変わることができたのだ。それはひとえに、クライヴやハイネ、そしてシェリルのおかげだ。

パトリシアは穏やかに微笑む。

「友人ができたんです。彼女からアレックス様のような人はぶん殴れと教わりました」

「……そうか」

「素敵な友人なんです。大切で、大好きな、特別な人です」

『こう、頬を穿つようにやってやるのよ』

そう言いながら拳を振るシェリルの姿を思い出す。

彼女のようにうまくはできなかったけれど、なかなかいい具合だったのではないだろうか。だが徐々に赤く膨らんできたこの手を見たら心配するだろうなと、彼女のやさしさを思い出し胸が温かくなる。

「アレックス様のおっしゃるように、私は変われました。人は変わることができるんです」

仮面のような笑顔をつけていた皇太子の婚約者はもういない。

ここにいるのは、自分のやりたいことをやる、ただの公爵令嬢だ。

「アレックス様も変わってください。最後に自分を救うことができるのは、自分自身でしかないのですから」

返事はないけれど、彼の表情を見る限りいろいろ考えているのだろう。それだけでもいい変化だと、ゆっくりと膝を折り、彼と目線を合わせる。

「しかし、自ら変わることのできない人もいます。誰かの手助けがないと不可能な人です」

「……ミーアのことか？」

「ずっと、見て見ぬふりをし続けるわけにはいかないでしょう？」

自分にできるのはここまでだと、パトリシアは立ち上がった。

「あなたが変われることを願っています」

「──パトリシア、君は」

「ちなみに私は許していません。いつか必ず謝罪しにきてください」

「……はい」

「ふふっ……謝罪されても許すかはわかりませんが──」

救われたかのような表情でパトリシアを見上げたアレックスとパトリシアの視線が、一瞬交差した。アレックスは少しも変わっていない。だが、彼が変わるチャンスではある。

一件落着……とクライヴのほうを振り返ると、彼は口元を押さえて震えていた。

「……クライヴ様？」

「──っ、やっぱりパティが好きだなぁって思ってさ」

「と、突然なんですか!?」

「さて、兄上。あとの面倒ごとはどうぞご自由に」

それじゃあと声をかけて、クライヴは早足でパトリシアを連れていく。最初は会場に戻るのかと思ったけれど、どうやら違うらしい。

向かった先は、パトリシアの好きなユリ宮の庭園。夜風に草や花がさざめき、大きな満月があたりを照らす。落ち着く香りに包まれていると、手を離したクライヴが振り返る。

「さっきのパンチは最高だった。ますますパティを好きになったよ」

「……お見苦しいところをお見せしました」

「スカッとした最高のシーンだったよ！　手は大丈夫？　痛くない？」

あとで医者に見せようとのクライヴの申し出にありがたく頷いた。手を見れば赤くなっていて、正直なところ痛くないのが不思議なくらいだ。クライヴはそんなパトリシアの手をとると、やさしく触れた。

「無理はしちゃダメだよ」

ゆっくりと離された手に少しだけ名残惜《なごりお》しさを感じつつも、パトリシアは目の前にいる彼の瞳を見つめる。真剣な眼差しは、これから話すことの重要性を教えてくれた。

「さっき、兄上が言ってた件だけど」

「……皇位の件ですか？」

クライヴは、こくりと頷いた。アレックスが皇位を継がなければ、継承者はクライヴになる。継承争いを避けるために彼は仮面を着けていたというのに。

「……クライヴ様は、皇位をお望みなのですか？」

「正直わからない。即位しようなんて思ったことはなかった。けど、こうなった以上、自分が動くべきだとは思う。でも……」

「本当によろしいのですか？」

皇位を望むということは、血塗られた世界に飛び込むということ。それはクライヴが一番わかっていることだろう。だからこそ、皇后は彼を皇位から遠ざけたのだ。

「……昔、兄上の母親が俺を殺そうとしたことがあったでしょ？」

幼き日のこと。パトリシアは皇太子の婚約者として皇后の住むユリ宮に通っていた。

パトリシアはそこで未来の皇族としての作法を学んだが、皇后が皇帝に呼ばれると一時的にユリ宮を留守にする。そのたびに幼いパトリシアは、廊下や庭に出ては同世代の小さなクライヴと遊んでいた。

鬼ごっこにかくれんぼ。大笑いしながら走り回っては、侍女から飲み物やお菓子をもらって二人で一緒に口にした。

その時だ。〝彼女〟がやってきたのは――。

アレックスと同じ金色の美しい髪は乱れ、頬は痩せこけて目は落ち窪《くぼ》んでいた。すでにアレックスの母親はあの時、普通ではなかった。弱った心は妄想を生み出した。

「パティは俺の前に、守るように立ったんだ。震えてたのに……」

クライヴに向けて振り上げられた短剣。

それを見たパトリシアは考えるよりも先に体が動いていた。

クライヴとアレックスの母親の間に割って入ると、身を挺《てい》して彼を守ろうとした。彼女の持つ剣が振り下ろされるよりも早く、駆け寄った騎士によって助け出されたのだが。

「悔しかった。俺がパティを守るつもりでいたのに……」

「クライヴ様は皇族ですから、あの場では私が身を犠牲にするのが最善です」

皇族の身がなによりも尊く大切だと学んだ。だからパトリシアは間違ったことはしていない。クライヴは静かに首を振った。

「俺、パティが傷付くことだけは絶対に嫌なんだ。だから力をつけた。剣を学び体力をつけて……。でも結局、パティが一番つらいとき、守ることができなかった」

一番つらいときと聞いて思い浮かべるのは、やはりあの婚約破棄のときだろう。

隣にいたクライヴには、パトリシアの悲痛な想いが伝わっていたのかもしれない。彼は空に浮かぶ大きな満月を見上げる。

「パティを守れるなら、俺は喜んで皇位を継ぐよ。……もちろん、それはなにより民のためでもあるけど」

彼は人のために茨《いばら》の道を進むのだ。

もしクライヴが継がないとなれば、皇位を争う戦いは苛烈を極めるはず。そうなったら、この皇宮に血が流れることになるかもしれない。

「クライヴ様が心から即位を望まれるのでしたら……」

危ないことはしてほしくない。しかしクライヴを止めることもできない。力強く握りしめたパトリシアの手を、クライヴの手がやさしく包みこんだ。

「心配いらないよ。……ねぇ、踊ろうか？　子どもの時みたいにさ」

不安そうなパトリシアの気を紛らわすためか、その言葉とともにそっと腰を支えられた。

遠くのほうから聞こえるパーティーの音楽に合わせて、ゆっくりと動き出す。

最初は右に、次は左。手を上げてくるりと回ると、クライヴと体がくっつく。

そういえばあの事件の日も一緒にダンスの練習をしていたなと、懐かしく思う。

「ダンス、お上手になられましたね？　昔は苦手でしたよね？」

「………パーティーでパティと踊るときがきたら、恥ずかしい思いをさせたくないから頑張ったんだよ」

もともと体を動かすのが得意なクライヴだ。ちゃんと練習すればうまくなるのは当たり前だがその理由が自分であったことが、パトリシアは素直に嬉しいと思えた。

もう一度くるりと回り体が密着した時、クライヴがゆっくりと口を開く。

「パティはやっぱり今後は政治方面……制度改革とかを頑張りたい？　政治学とか学んで実行に移す姿、すごくイキイキしてたから」

「……はい。私はこの国のためになることをしたいです」

奴隷解放の次は、女性の地位向上。話し出したらキリがないだろう。

これはパトリシア自身がずっと願っていた、子どものころからの夢だ。

「たとえ皇太子妃としての立場がなくとも、できることをしたいです」

それがパトリシアの生きる意味。

そう思うのだ。

「私の夢は漠然《ばくぜん》としていますし、今は実行できる権利もないのですが……」

「そんなことはないよ」

クライヴと踊るのは本当に久しぶりだけれど、とても安心して身を任せることができた。誰に見られるわけでもないからと、彼は時折ふざけてよくわからないステップを踏む。それが面白くてくすくすと笑っていると、クライヴが足を止めた。

「今の話を聞いて覚悟が決まったよ。──俺、皇位を継承したいと思う」

パトリシアはクライヴと手を繋いだまま、彼の仮面の下に隠れた瞳をじっと見つめた。

「……本当にいいのですか？　それは……」

「兄上と争うことになるね」

「……公爵家が手を引いたからとて、アレックス様の後ろ盾がいないわけではありません」

「うん。命を狙われるだろうね。でもそれは兄上もだ」

今まで皇宮が穏やかだったのは、クライヴが皇位を望んでいないとわかっていたからだ。だが、これから彼の身も無事ではすまないかもしれない。

「俺が皇位を継げば、この国を変えることができる。変えてみせる」

「……厳しい道です」

「大丈夫。覚悟ならできてるよ」

もう、彼の中では決まったことらしい。一度決めたことをクライヴが覆《くつがえ》すとは思えず、パトリシアはそれならばと頷いた。

「わかりました。新しいクライヴ様の道を応援いたします」

「本当？　じゃあさ、お願いがあるんだ」

クライヴは繋がる手を離すと腰を屈《かが》め、美しい青空を思わせる水色の目を閉じて、パトリシアに顔を寄せた。

「仮面、パティの手で取って」

クライヴが仮面を着けていたのは、公の場で自身の存在を主張しないためだった。これはクライヴが皇位を継がないと知らしめるためのものだ。

「……そうですね。もう、クライヴ様には永遠に不要なものです」

皇位を望むのなら必要ない。そっと手を伸ばして彼の仮面に触れる。

そして冷たくて硬いそれを、指先で掴む。

まるで、世界に二人しかいないような、そんな感覚を覚えた。

少し離れた場所では楽しげに音楽が流れ、人々が笑い合っているのに。

誰もいない、たった二人だけのこの場所で、この国の歴史が動いた――。

パトリシアがゆっくりと仮面を外すと、閉ざされていたまぶたがゆっくりと開き、その美しい瞳にパトリシアだけを映した。

「……ありがとう、パティ。一緒に夢をかなえていこう」

「――はい。一緒に、です」

どちらからともなく繋がれた手は、皇宮の大広間に戻るぎりぎりまで離れることはなかった。

エピローグ　未来へのラストダンス

――その日の朝は、普段通りだった。

パトリシアはベッドに座ったまま、上半身だけを起こし窓の外を見る。雲一つない青空には、輝かしい太陽が顔を覗かせていた。なにもおかしなことはない。夢だって見ていない。

ただいつも通り寝て、いつも通り起きただけの朝だったが、パトリシアにとっては重要な朝だった。

「……よしっ」

パトリシアの心は決まっていた。

ベッドから起き上がると机へと向かう。

奴隷解放に向けての原案をまとめた書類や、シャルモン、ドレイク夫人からの了承《りょうしょう》の手紙などが散らばる机に、引き出しから取り出したジュエリーボックスを置いた。長年なにも入っていなかったそれは、ある意味思い出の品でもある。

空の箱を見つめながら、ゆっくりと己の左手薬指に触れた。指先にぶつかるそれをやさしく撫でる。

「……無理だと思っていたのに、案外大丈夫そうね」

目を閉じれば、この指輪をもらった時のよろこびも恥ずかしさも、それら全てが鮮明に思い出される。けれど、それももう終わり。

過去は過去として受け入れなくてはならない。その準備ができた。

指輪に触れる指に力を込め、息を吐いてゆっくりと引く。

するりと指から離れる。

「…………ありがとうございました」

言葉が零れ落ちる。

指輪だけがそれを聞いていた。

大切にジュエリーボックスの中に戻し、机の中にしまう。肩の荷が下りた気がした。

「――よし！」

寮の一階へと向かうと、シェリル、ハイネ、クライヴがパトリシアを見つけて微笑んだ。

「おはようパティ！」

「おはようございます、パトリシア嬢。今日も素敵ですよ」

「…………パティ、その……」

「……クライヴ様？」

クライヴの視線が一点に集中している。どうしたのかとその先を追い、そこが己の左手であることに気付き、ああ、と笑う。指がよく見えるように左手を持ち上げた。

「私も覚悟を、決めました」

「……パティ」

「クライヴ様だけにつらい道を歩ませるなんて、そんなことしません」

彼が隣にいてくれたように、今度はパトリシアがその隣にいたい。

「一緒に、です」

「……うん。一緒に、だ」

頷いたクライヴは嬉しそうに笑う。

どこか子どもっぽいその笑顔が昔の彼と重なって、つられるように笑ってしまった。

「ちょっとぉ、なんなのよ二人で」

「クライヴも急に仮面取ってるし……あれはお前のラッキーアイテムじゃなかったのか⁉」

「そんな理由で着けるか！」

シェリルとハイネに詰め寄られ、パトリシアはクライヴと目を合わせると困ったように微笑み合った。

パトリシアはクライヴの隣に立つと、学園へと向けてゆっくり歩き出した。

「覚悟の話なんですけれど……聞いていただけますか？」

「あたりまえじゃない！」

「聞きます、聞きます！　仲間はずれダメ絶対」

両手をクロスさせたハイネに、皆《みな》が笑う。

こんな未来を誰が予想できただろうか？　かつてのパトリシアは、笑うことすらできなかった。我慢をすること、諦めることに慣れきってしまっていた。だからこそ、今は思う――。


あの時、頭の中から響いた、ぷちっという音に従ってよかった、と。


「え⁉　じゃあ本当に皇太子を殴ったの⁉」

シェリルが目を丸くすると、クライヴが興奮気味に答えた。

「最高だった。シェリルの教え通りにパンチを決めたぞ」

「えー！　その瞬間のパトリシア嬢、見たかったなぁ。絶対面白いじゃん」

「……私、不敬罪《ふけいざい》とかで捕まらないわよね？」

あれこれ話しているうちに、あっという間に校舎に着いた。

見慣れた学舎を見つめていると、先を歩く三人が振り返る。

「どうかした？」

「面白いものでもありました？」

「パティ……？　大丈夫？　なんかあった？」

大切な人たちがいる。パトリシアを理解し認め、大切にしてくれる友だちが。

「……いいえ。ただ、幸せだなって」

彼らのためにも、もっと頑張らなくては。

「私、頑張ります。国のためにも、学園のためにも、これからもっともっと！」

「少しサボってもいいんですよ？　どっか出かけるとか」

「ハイネ、お前はもう少し勉強しろ」

「いーやーだー！」

笑いの絶えない日々が続く。これから先もずっと。

彼らと共に。

最高の人生の幕開けである――。

あとがき

皆様、このようなところまでお目を通していただきありがとうございます。作者のあまＮａｔｕと申します。

まさか小説投稿サイトに掲載しておりました今作品を、私のデビュー作として世に出させていただけることになるとは夢にも思っておりませんでした。あとがきを書いている今ですら信じられません。手元に本があっても信じられないかもしれません。店頭に本が置かれて、やっと信じられる気がします。もしこの本を持って号泣している人間がいたらそれは作者かもしれないので、そっとしておいていただけますと大変助かります。

イラストを担当してくださいました月戸様。イラストを目にした時、あまりの美しさに感嘆のため息がこぼれました。本当にありがとうございます。また、デザイナー様、校正様、印刷所の皆様。そして担当様。この本に関わってくださったすべての皆様に感謝申し上げます。

最後にこの本を手に取ってくださった皆様に、心よりお礼申し上げます。

あまＮａｔｕ

「ぷちっとキレた令嬢パトリシアは人生を謳歌することにした」の感想をお寄せください。
おたよりのあて先
〒102-8177　東京都千代田区富士見2-13-3
株式会社KADOKAWA　角川ビーンズ文庫編集部気付
「あまNatu」先生・「月戸」先生
また、編集部へのご意見ご希望は、同じ住所で「ビーンズ文庫編集部」
までお寄せください。

ぷちっとキレた令嬢《れいじょう》パトリシアは人生《じんせい》を謳歌《おうか》することにした

あまNatu《なつ》

角川ビーンズ文庫　24646

令和7年5月1日　初版発行

発行者———山下直久
発　行———株式会社KADOKAWA
〒102-8177　東京都千代田区富士見2-13-3
電話 0570-002-301（ナビダイヤル）
印刷所———株式会社暁印刷
製本所———本間製本株式会社
装幀者———micro fish

ISBN978-4-04-116179-1 C0193 定価はカバーに表示してあります。

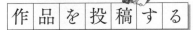